最強の虎

三

隠密裏同心 篠田虎之助

永井義男

コスミック・時代文庫

この作品はコスミック文庫のために書下ろされました。

突かば槍　払えば薙刀　持たば太刀

～神道夢想流杖術　道歌より

◇ 試し斬り
『徳川幕府刑事図譜』（藤田新太郎編、明治二十六年）、国会図書館蔵

(い)上竪割《かみたてわり》(ろ)大けさ
(は)小けさ(に)摺付(ほ)
脇毛(へ)一の胴(と)二の
胴(ち)三の胴(り)本胴
(ぬ)八拾目(る)車先(を)
脇間の胴(わ)両車(か)下
竪割《たてわり》と云《い》ふ
土壇《どだん》高さ二尺四寸程
寸
程

◇斬首刑
『幕末日本図会』（アンベール著、1870年）、
国際日本文化研究センター蔵

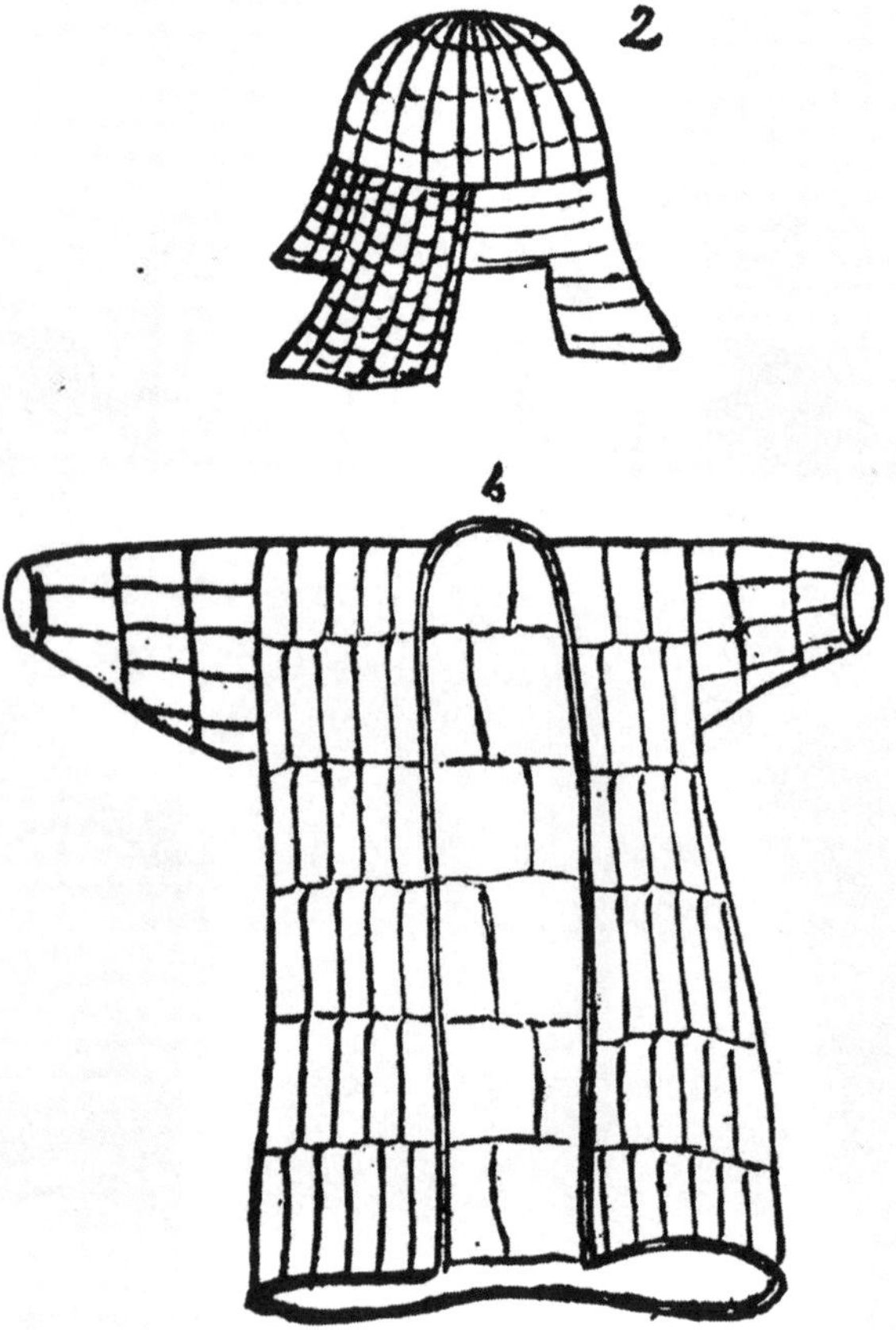

◇ 鎖帷子（coat of mail）
『エゾと樺太島における若いアメリカ人』（グリー著、1892 年）、
国際日本文化研究センター蔵

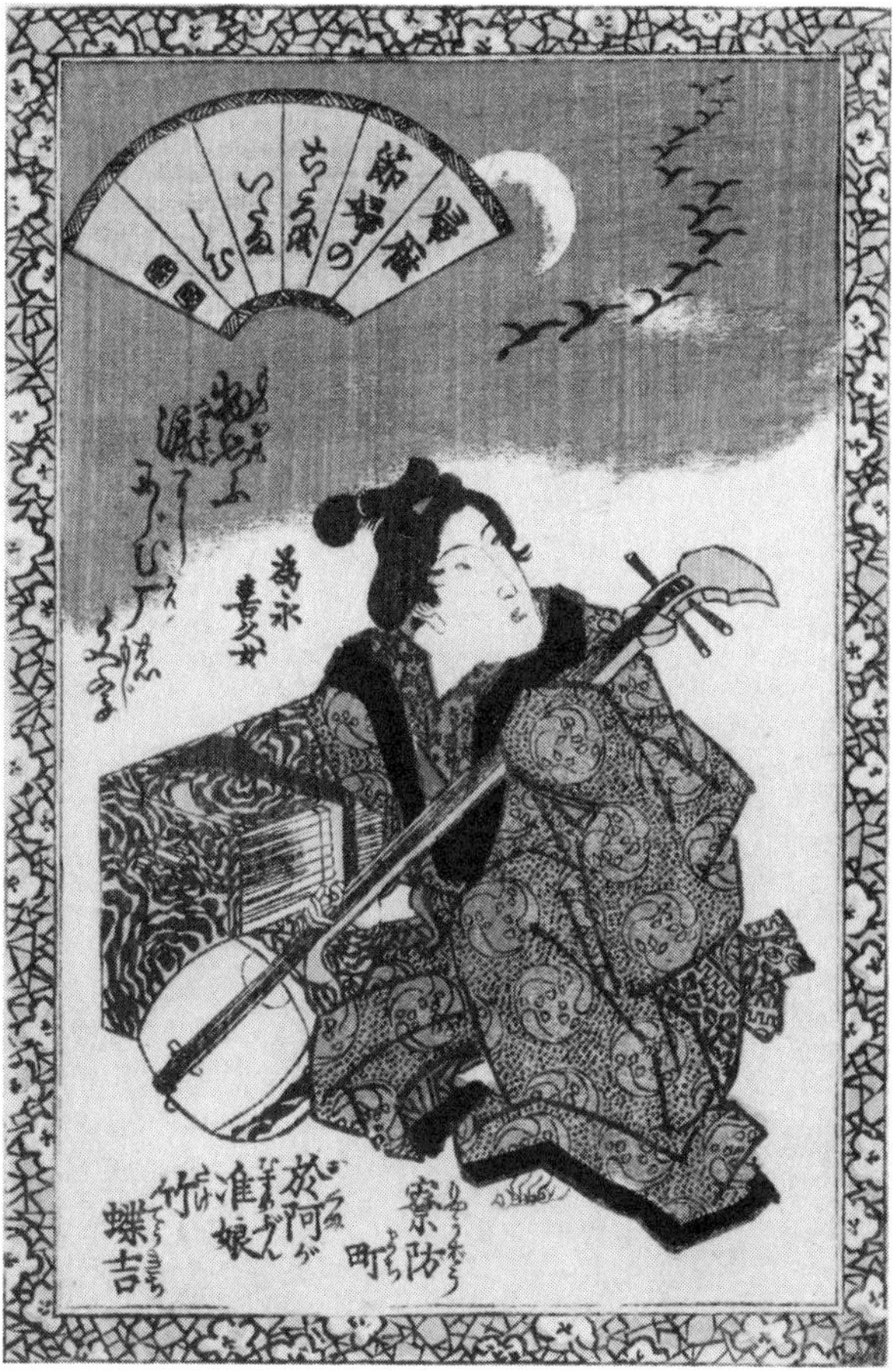

◇ 若衆姿の娘

『春色梅暦』（為永春水著、天保四年）、国会図書館蔵

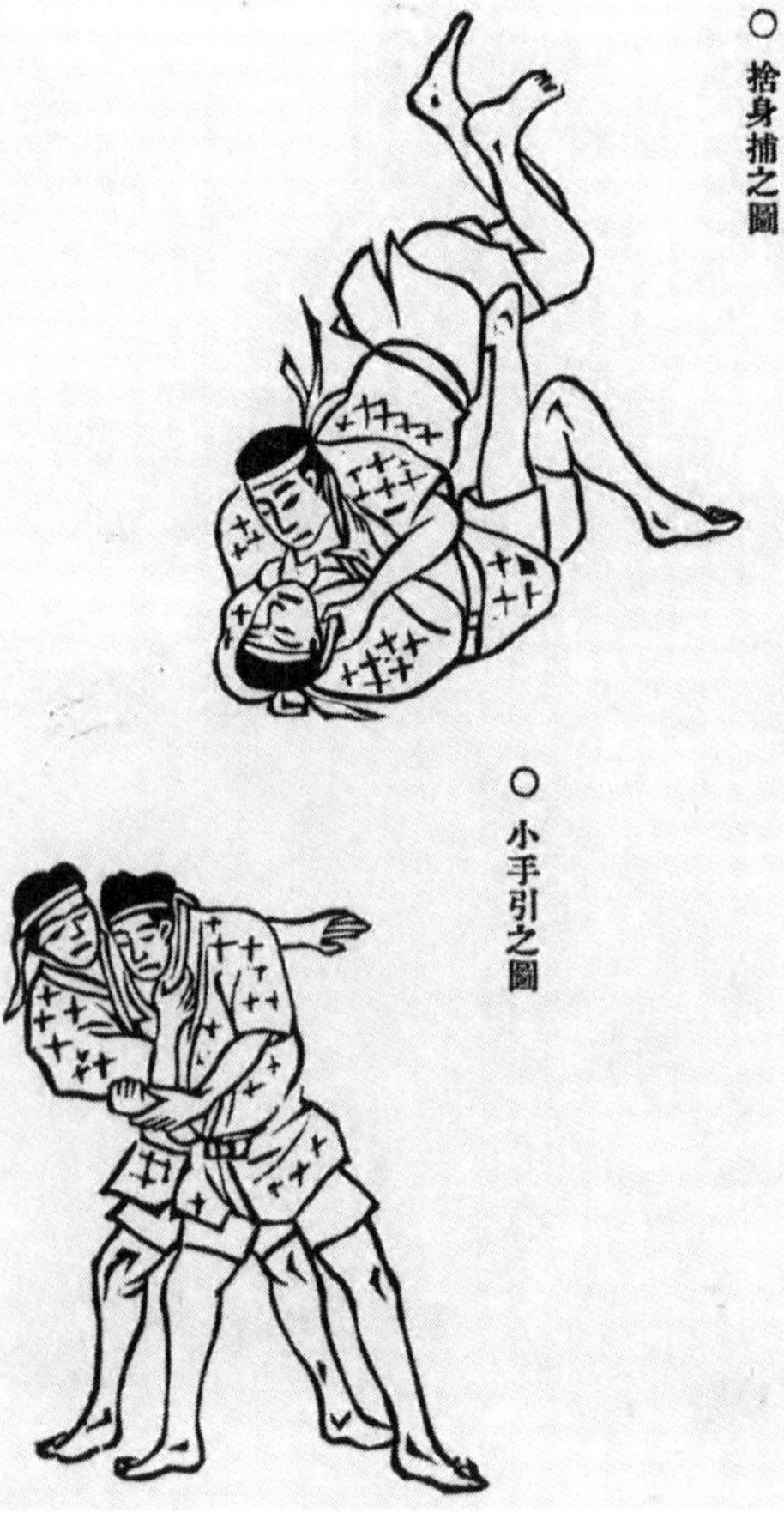

◇ 柔術

『天神鉄真流柔術型極意秘伝図解』（大串仁十著、大正十五年）、国会図書館蔵

○腰投ノ掛之圖

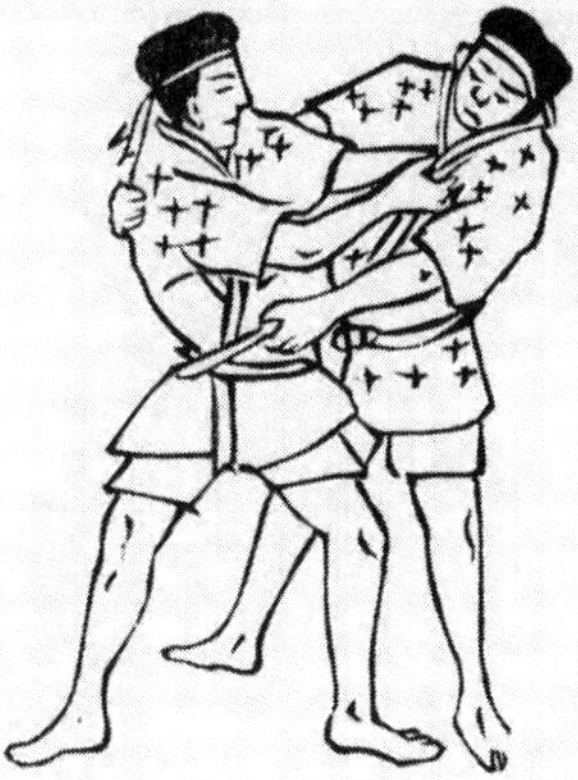

○強身〆之圖

◇内藤新宿のにぎわい
『白糸主水阿屋女草』（鶴亭秀賀著、安政五年）、国会図書館蔵

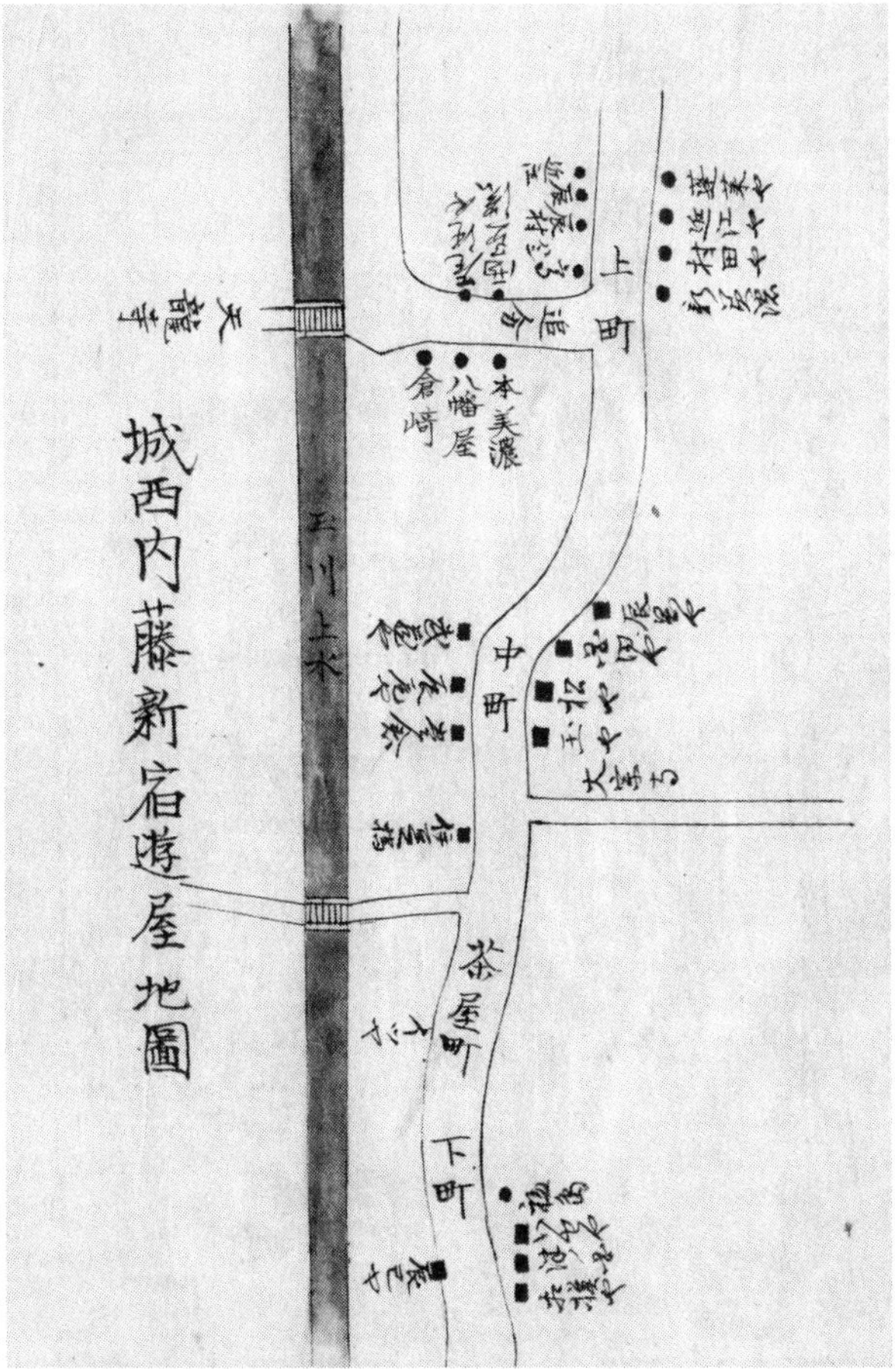

◇ 内藤新宿の女郎屋
『岡場所考』（石塚豊芥子編、写）、国会図書館蔵

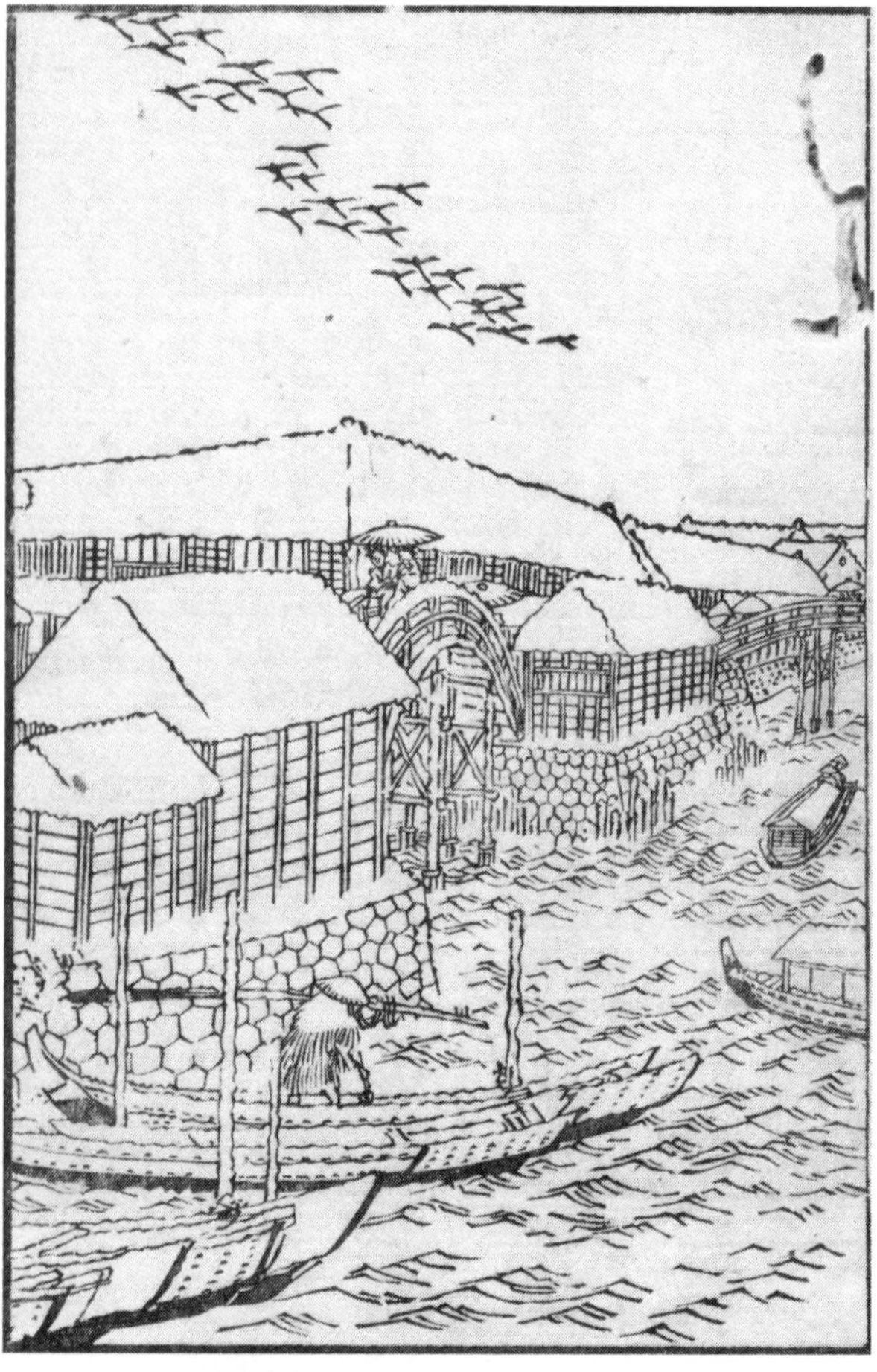

◇雪景色：船宿と桟橋
『春色雪の梅』（狂言亭著、天保年間）、国会図書館蔵

高砂屋

◇猪牙舟

『児ケ淵紫両人若衆』（市川三升著、文政八年）、国会図書館蔵

秋

山形屋
後家きさわ

秋のよるかな

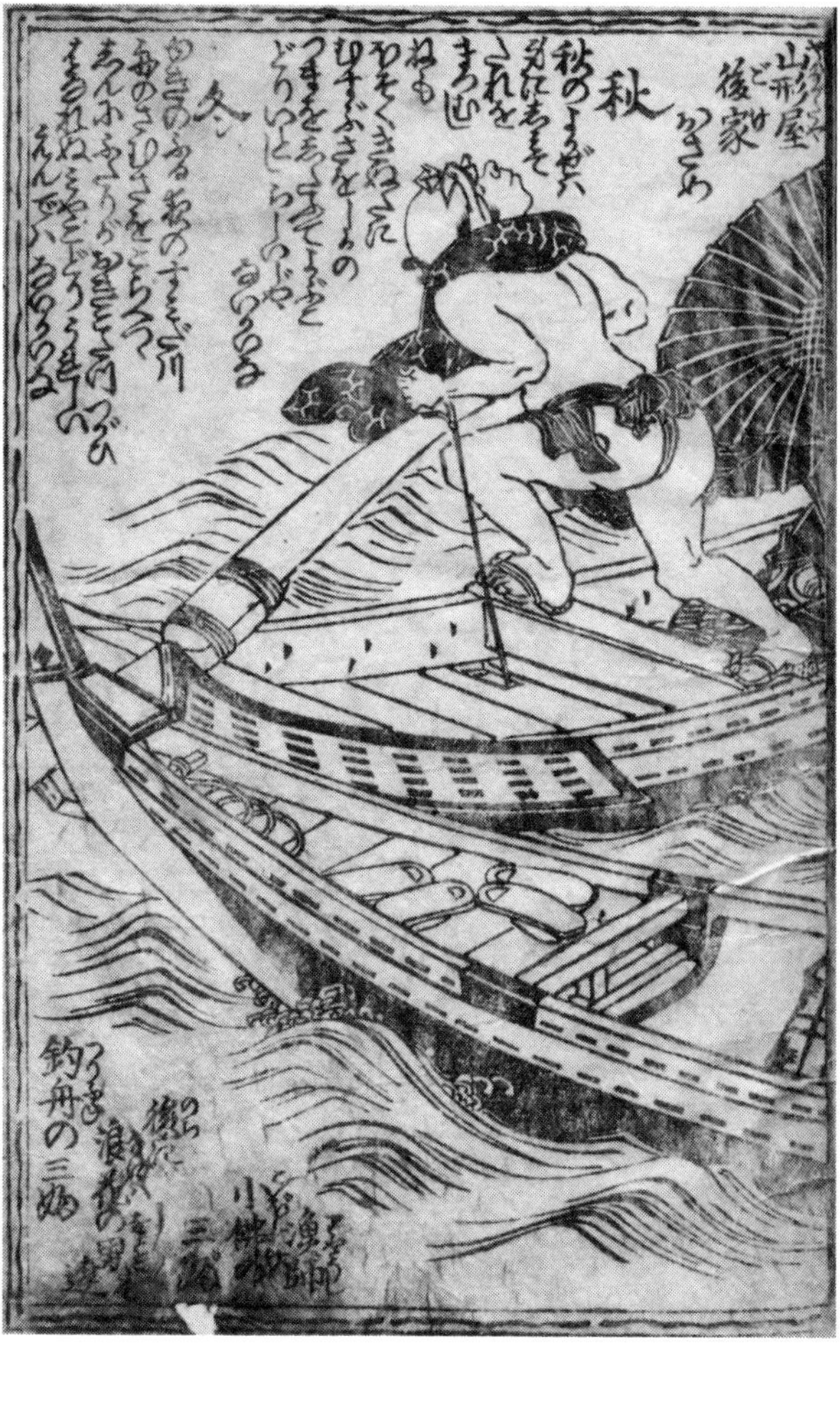

目次

第一章　辻斬り……21
第二章　内藤新宿……91
第三章　鎖帷子……163
第四章　船戦……209

第一章　辻斬り

一

血溜《ちだまり》にはかすかだが、それでもはっきりと感じられる異臭がただよっていた。

長年にわたって血を吸いこんできた地面なのだ。地下に染みこんだ血の臭いを、ひそかな吐息のように地上に発散しているのであろうか。

小伝馬町《こでんまちょう》にある牢屋敷内の死罪場である。

それまで落ち着き払っていた本郷大輔《ほんごうだいすけ》は死罪場に立ち、血の臭いだとわかった途端、動悸《どうき》が早くなった。

自分が沈着冷静を失ったことに動揺する。

（落ち着け。武士たる者が血の臭いにうろたえてどうする。俺は武士だぞ。落ち着け）

大輔は自分に言い聞かせながら、本当は大きく深呼吸を繰り返して平常心を取り戻したかった。

だが、まわりにいる牢屋敷の役人や、山田浅右衛門《やまだあさえもん》とその門弟たちに動揺を気取られたくなかった。無理をして、平静をよそおう。そのため、かえって呼吸がせわしなくなり、全身に汗が滲《にじ》んだ。

これから大輔は刀で人の首を斬る。しかも、自分から望んだことなのだ。

*

大輔は剣術道場の道場主の息子として生まれ、物心ついたころには竹刀《しない》を握《にぎ》っていた。そのため、

「箸《はし》を握るよりも、竹刀を握るほうが早かった」

と言われているほどである。

父親である本郷又三郎《またさぶろう》は旗本で、屋敷内に無外真伝流《むがいしんでんりゅう》の道場を開き、道場主として多くの門弟をかかえていた。

大輔は剣術道場で生まれ、育ったようなものである。しかも、天稟《てんぴん》の才に恵ま

れていた。幼いころは神童、長じてからは天才と評されてきた。

道場にはしばしば、他の流派の武芸者が他流試合を申しこんできたが、「若先生」である大輔はけっして断ることはなかった。そして、多くの流派の武芸者と立ち合い、一度も引けを取ったことはなかった。自分でもひそかに、

(世に多数の剣術の流派があるが、無外真伝流こそ最強)

と自負していた。

大輔は自信に満ち満ちていたといってよかろう。

たまたま、大輔は供も連れずひとりで外出したことがあった。

歩いていて空腹を覚《おぼ》えたため、葦簀《よしず》掛けの茶屋の看板に「雑煮」と書いてあるのに目を止め、床几《しょうぎ》に腰をおろした。

雑煮を食べていると、背後から数人の武士の話し声が聞こえてきた。

やや奥まった床几に腰かけていたようだ。

「しょせん道場剣術であろうよ。防具を身に付け、竹刀で撃ちあっているだけではないか」

「竹刀で撃ちあう道場剣術と、真剣で斬りあう実戦とは違うぞ」

「道場の若先生を気取っていても、実際には刀を抜いたこともないのではないか」

「いざ刀を抜いて向きあうと、手も足も出まいよ」

「それどころか、小便をちびるのではないか」

大輔はあきらかに悪意が自分に向けられているのを感じた。

本郷道場に他流試合に来て、大輔に軽くあしらわれた者たちかもしれない。大輔の顔を知っていたのであろう。

よほど、振り返ろうかと思った。

そして、皮肉たっぷりに、

「そういう貴殿らは、刀で斬りあいをしたことがあるのか」

と、言ってやろうかと、痛烈な文句が頭に浮かんだ。

さぞ、溜飲《りゅういん》がさがるであろう。

だが、連中から、

「ほう、では、貴殿は人を斬ったことがあるのか、若先生」

と言い返されれば、それこそグウの音《ね》も出ない。

それこそ、恥の上塗りではないか。

そして、行きつく先は、斬りあいである。しかも、一対複数人。

大輔はそんな想像をした途端、胸の動悸が激しくなった。脇の下から冷や汗が伝う。膝はがくがく震えていた。

けっきょく、大輔は振り返ることはなかった。振り返る勇気がなかったといってもよい。

途中からは、味もわからないままにともかく雑煮を食べ終える。床几に横たえていた大刀を腰に差し、静かに茶屋を出た。

歩きながら、大輔は屈辱感で身体が熱かった。全身から汗が噴きだしている。

大輔が金を払ってそそくさと去ったあと、連中が、

「おい、本郷道場の若先生は聞こえないふりをして、こそこそと退散したぞ」

と、笑い興じているのは容易に想像できた。

だが、振り返ることができず、聞こえないふりをして茶屋を出たのは本当だった。

怖かったのだ。

生まれて初めて感じた恐怖だった。膝が震えていたほどである。

自分でも意外だった。

（俺は小心者だったのか）

初めて、自分に度胸がないことに気づいたと言おうか。愕然《がくぜん》とする思いだった。

連中の悪意は腹立たしい。

だが、それ以上に、いざというときの自分の臆病が腹立たしかった。自分が自分で情けない。

「くそう、くそう」

大輔は歯ぎしりした。

歩いていて、連中の指摘が間違ってないのは、認めざるをえないと思った。

大輔は旗本の子弟として、腰に大小の刀を差している。しかし、人前で鞘《さや》から刀を抜いたことは一度もなかった。

それどころか、刀で巻藁《まきわら》を斬ったこともなかった。要するに、刀を使ったことは一度もなかったのだ。

剣術と言っても、防具を身に付け、竹刀で撃ちあっていただけというのは、まさに反駁《はんばく》しようのない事実だった。

(刀で人を斬らねば。刀で人を斬りたい……)

痛切に思った。

焦燥に近い。

そのとき大輔は、小伝馬町の牢屋敷でおこなわれる斬首《ざんしゅ》と、門弟の体験を思いだした。

死刑の判決を受けた罪人の斬首は、牢屋敷内の死罪場でおこなわれた。刀を振るって首を斬るのは、町奉行所の番方《ばんかた》同心の役目である。

だが、いくら相手が死刑に処せられる罪人といっても、やはり自分が手をくだすのは躊躇《ためら》いがある。できることなら、自分は手を汚したくない。

そのため、同心のなかには謝礼を渡して、山田浅右衛門に首斬り役の代行を頼む者がいた。

山田家は浪人だが、代々の当主である浅右衛門は麴町《こうじまち》に居住し、将軍家や大名家、旗本家などからあずかった刀の試し斬りをするのが家業だった。

死罪場で首を斬られた肢体をさげ渡してもらい、刀の試し斬りをしたのである。

その試し斬りの結果を踏まえて、刀の鑑定をした。

死体とは言え、刀で人体を切断しているのだから、

「人を斬るのは慣れているであろう。迷いもあるまい」

として、浅右衛門に首斬りの代行を依頼する同心が徐々に増えた。

数をこなすうちに当然、浅右衛門は斬首の技に習熟する。その妙技は有名になり、いつしか「首斬《くびきり》浅右衛門」と呼ばれるようになった。なかには、山田浅右衛門を、首斬役人と誤解する人もいた。

実際はとてもひとりでは対応できないため、浅右衛門の門弟が首斬りをおこなうことも多かった。

このことに目をつけ、ひそかに人の首を斬ってみたいと願っている武士が、浅右衛門に入門するようになった。金を払って形式だけ門弟になり、牢屋敷の死罪場で罪人の首を斬る体験をさせてもらうのだ。

本郷道場の門人のひとりが浅右衛門に入門し、首斬りを経験した。

「足が震えたぞ。刀がスパッと首を斬り落とし、血が噴きだしたのを見て、吐きそうになった」

門人仲間に吹聴していたものだった。

大輔はその話を思いだしたのだ。

(よし、死罪場で首斬りを体験しよう)

＊

牢屋から引きだされた明也《あきや》という男が、大勢の雑役夫《ざつえきふ》に取り囲まれ、俗に地獄門と呼ばれる埋門《うずみもん》のところまで連れてこられた。

年齢は三十代のなかばだろうか、小柄で、しかも貧相な顔をしており、とても極悪人には見えないが、牢屋の生活でやつれが目立つのかもしれない。

雑役夫のひとりが、面紙《つらがみ》と呼ばれる半紙を明也の蒼白の顔にあて、細い藁縄《わらなわ》で額を縛《しば》って目隠しをした。そのあと、白衣を着た三人の雑役夫が明也の腕を取り、地獄門を通って死罪場に引っ張っていく。

三人が両側からしっかりささえていないと、明也はその場にへたりこんでしまうであろう。膝に力がなく、腰から下はガクガクしていた。

牢屋敷の鍵役《かぎやく》同心が、最後の確認をする。

「染物職人の明也じゃな」

「へい、相違ございません」

明也がかすれた声で答えた。

カチカチという乾《かわ》いた音は、歯の根が合わないからだった。

死罪場の近くに屋根のついた検使場があり、囚獄《しゅうごく》の石出《いしで》帯刀《たてわき》、町奉行所の検使与力と牢屋見廻り同心の三人が立ち、じっと見守っていた。

やや離れた場所には、数名の牢屋同心が立っている。

さらに離れて、山田浅右衛門とその門弟が立って控えていた。

死罪場には、血溜と称する穴が掘られている。その血溜のそばに、筵《むしろ》が敷かれていた。

雑役夫が、引きたててきた明也の着物の裾《すそ》を膝までまくり、力ずくで筵の上にひざまずかせた。

ひざまずいた明也の左側には、山田浅右衛門の門人の大輔が立っていた。

大輔は浅右衛門に謝金を渡し、入門の手続きをしたのだ。浅右衛門も相手が無外真伝流の免許皆伝であると知り、あっさり斬首を許した。かくして、大輔は首斬りをすることになったのだ。

（相手は動かない。ズバッと斬りおろせばいいのだ）

大輔は自分で自分に言い聞かせる。

だが、心臓の鼓動は激しく、手のひらには汗が滲んでいた。

雑役夫のひとりが小刀で、明也の首にかけた喉縄《のどなわ》を切り落とす。それが合図だった。大輔が腰の大刀を抜き放つ。

刀を振りかぶりながら、大輔は両腕にほとんど重さを感じなかった。無感覚に近いと言おうか。

（緊張はない。いわば無の境地だ）

大輔はそう思った。

首が前方に出るよう着物を引きさげながら、雑役夫が三人がかりで明也の上半身を背後から押さえつける。

「あわわわわ」

明也がなにやら口走ったが、意味不明だった。

そのわめき声を聞いた途端、大輔の頭に全身の血が逆流した。

三人がかりで力任せにおさえるため、もはや抵抗できない。明也の首がさがり、血溜の上に伸びきった。三人は、明也の首を斬りやすくしたのである。

だが、大輔は振りかぶった刀を振りおろせない。

雑役夫のひとりが、非難の目で大輔を見た。その目は、

「なにをしている、早く斬れ」

と、苛立ち、急《せ》かしていた。

大輔はハッと気づき、あわてて刀を振りおろす。

しかし、ガチと鈍い音がして刀身は弾《はじ》かれた。

首の骨は、頸椎《けいつい》と呼ばれる七個の平たい骨が重なった形で形成されている。そのため、頸椎と頸椎のあいだに刃が喰いこめば、すぱりと切断される。だが、大輔が振りおろした刀は骨に当たったのだ。

明也がうめいた。

首筋から血が流れる。

大輔は全身がカーッと熱くなった。あわてて刀身を引き戻し、あらためて振りかぶって斬りつけた。

動転していたためか、今度は斜めに振りおろしてしまった。頸椎のあいだを通るはずがない。またもや、骨に弾かれた。

明也が苦悶《くもん》の声をあげる。

苦痛を長引かせているにひとしい。

大輔の頭の中は、もう激流に翻弄《ほんろう》されているようかのだった。目眩《めまい》がしそうなのを、懸命にこらえる。

口を半開にし、せわしない息をしながら、三度目の斬撃をくわえた。

ドスッという頸部を切断する鈍い音に続いて、血溜のなかにゴロンと明也の首が落ちた。切断面から鮮血がビューーッと噴出する。真っ赤な奔流だった。

血の勢いがおさまってくると、三人の雑役夫が両手で死体を押さえつけ、揉みしだくようにしながら、内部の血を絞りだした。

切断面から気泡まじりの鮮血が、血溜にしたたり落ちる。血が出きってしまうと、切断面がムクムクと動いて、まるで物を包むかのように収縮した。

雑役夫のひとりが血溜に落ちた首を拾いあげ、髷《まげ》をつかんで検使場のほうに掲《かか》げて見せた。

「見届けた」

検使与力が簡潔に答えた。

雑役夫によって、首を失った明也の肢体は脇によけられる。

「おい、代わろう」

呆然と立ち尽くしていた大輔は、かけられた声で我に返った。

やはり浅右衛門の門弟だった。

次の罪人が、地獄門を通って引きだされてくる。別な者が首斬りを担当するのだ。

足取り重く浅右衛門のもとに歩きながら、大輔はまだ抜身を手にしていたのに気づいた。

あわてて鞘に収めようとして、刀身に大きな刃こぼれができているのが目についた。さらに、鞘に収めようとしてもすんなりと入らない。刀身が曲がっているようだった。

(なんたる失態)

大輔は赤面するどころか、涙が出そうになった。

「まあ、三回目できちんと斬ったからな。拙者の出番はなかったぞ」

浅右衛門が大輔を迎え、おだやかに言った。

にわか門弟への慰めと同時に、この際に皮肉も言いたいのであろう。

「竹刀で撃ちあう道場剣術と、刀で斬る実戦剣術では、所作《しょさ》が違うことがわかったと思いますぞ」

「はい、お恥ずかしい次第です」

大輔はうなだれる。

身分は浪人に過ぎない浅右衛門にとって、意気消沈している幕臣の子弟に慰めの言葉をかけるのは、愉悦の瞬間かもしれなかった。

竹刀で撃つのと、刀で斬るのとは違う――浅右衛門がもっとも言いたいところであろう。

死罪場では、次の斬首が進行している。

大輔は、ほとんど放心状態だった。

二

田所町《たどころちょう》にある、神道夢想流杖術《しんとうむそうりゅうじょうじゅつ》の吉村《よしむら》道場には多くの門弟が詰めかけていた。

戸田派武甲流《とだはぶこうりゅう》のお蘭《らん》が鎖鎌《くさりがま》をたずさえ、他流試合に訪れたのだ。戸田派武甲流の表芸は薙刀《なぎなた》だが、裏芸は鎖鎌だった。

一か月ほど前、お蘭が吉村道場にやってきて、薙刀と杖の試合がおこなわれた。

そのとき、門人ふたりが連続して、あっけなく薙刀に敗北したが、三人目の篠田虎之助《しのだとらのすけ》だけは、かろうじて相撃ちに持ちこんだ。

虎之助は杖術の稽古をはじめてまだ間がなかったが、道場主の吉村丈吉《じょうきち》は、

「篠田、そのほうは独特の勝負勘を持っているな」

と評していた。

虎之助は吉村にそう評されたとき、

（人を斬った経験があるのを見抜かれているのかな）

と感じ、ヒヤッとしたものだった。

虎之助は関宿《せきやど》（千葉県野田市）藩久世《くぜ》家の下級武士の次男として生まれた。東《とう》軍流《ぐんりゅう》の剣術道場に通い、その技量は友人の加藤柳太郎《かとうりゅうたろう》とともに「竜虎《りゅうこ》」と並び称されるほどだった。

たまたま藩内で対立が生じた。藩の有力者に命じられ、虎之助は竜虎の片割れの加藤とともに暗殺を実行した。

この暗殺で、虎之助はふたりを斬り殺した。加藤はひとりを斬ったが、背後から斬りつけられ、あえなく死んだ。

もちろん、虎之助は真剣を振るって斬りあいをしたのは、このときが初めてであり、人を殺害したのも初めてだった。

このときの経験で、虎之助は磨きあげられた床の上で、防具を身に付け竹刀で撃ちあう道場剣術と、地面で足を踏ん張って真剣で斬りあう実戦とは異質なものであるのを痛感した。

暗殺の実行後、虎之助は関宿を去り、江戸に出るよう命じられた。名目は、武芸の習得である。

以来、深川にある関宿藩の下屋敷《しもやしき》内に住んでいた。また暗殺の経験から、二度と人を殺したくないと痛切に感じていたため、剣術ではなく杖術の道場に入門したのである。


「では、お蘭どのと対戦したい者はいるか」

道場主の吉村が、門弟を見渡して言った。

みな、黙っている。

先日の薙刀対杖の試合で、お蘭の薙刀の実力は知れ渡っていた。鎖鎌の実力も想像できる。

みな鎖鎌と戦ってみたい気持ちはあっても、一番手は避けたいのであろう。まず、誰かが鎖鎌と対戦するのを観戦し、そのうえで対応策を考えたいのに違いない。

じつは、虎之助もそう考えていた。だが、誰も手をあげそうもないのを見て、

（う〜ん、やむをえぬ。俺が行くか）

と、心を決めた。

「私でよろしいでしょうか」

「おう、篠田か。よろしい、立ち合ってみなさい」

「はい、かしこまりました」

虎之助は防具を身に付け、神道夢想流の杖を手にした。

杖は樫《かし》の木製で、長さは四尺二寸一分（約百二十八センチ）である。

かたや、お蘭は剣術用の防具である面、胴、籠手《こて》を身に付け、足には薙刀用の脛当《すねあて》を着けていた。

鎖鎌は稽古用なのか、鎌の刃の部分は竹製のようである。また、鎖の先端の分銅《ふんどう》は鉄ではなく、木製のようだった。

それぞれ道場の中央に進み出て、一礼する。

虎之助はすでに、お蘭とともに町奉行所の秘密の任務に従事したことがあり、知らない仲ではなかった。だが、ふたりともそんな素振りは微塵《みじん》も見せない。

向かいあって見つめると、面金《めんがね》越しとはいえ、お蘭の肌の白さが印象的だった。目の色も、山奥の渓流の淵《ふち》のような深さをたたえている。

お蘭は、北町奉行・大草安房守高好《おおくさあわのかみたかよし》の娘である。

だが、実際は、長崎の出島《でじま》にあるオランダ商館のオランダ人と、丸山遊廓《まるやまゆうかく》の遊女のあいだにできた子どもだった。

大草が長崎奉行の任にあるとき、お蘭の存在を知って養女に迎え、江戸に連れてきたのである。

オランダ人の血を引いているだけに、お蘭はやや異相だった。さらに、けっして男に引けをとらない体格をしていた。

「あいやーっ」

気合と同時に、お蘭が右手を頭上にあげ、分銅をまわしはじめた。

分銅をつないだ鎖がチャリチャリと鳴る。

「おう」

虎之助も応じながら、杖を上段に構えた。

両手で杖の中ほどを、手のひらを下にして握る。両手の間隔は二尺（約六十センチ）ほどだった。

左足を前に、右足は後ろに構える。左手側の杖の先端を頭上にあげ、右手側の先端を斜め下に向けた。

飛来する分銅に自在に対応できる構えといえよう。

だが、虎之助は内心、舌打ちをしたい気分だった。

(先手を取れなかった……)

鎖鎌の脅威はなんといっても、飛来する分銅である。

虎之助は分銅が回転の威力を得る前に、すばやく間合いを詰め、先手を取ろうと思っていたのだ。分銅の威力を消してしまう作戦といおうか。

ところが、分銅はすでにお蘭の右頭上で周回し、しかもビュン、ビュンと風を切っているではないか。その勢いが察せられる。

虎之助は先手を取るどころか、逆に先手を取られてしまったといえよう。

「おりゃー」

気合を発しながら、虎之助は左に、左にまわりこむ。分銅を警戒して、とても大きくは踏みこめない。

まずは分銅を飛来させ、それを逸《そ》らしておいて、いっきに間合いを詰める作戦を考えた。

だが、お蘭もそれを予期しているのか、軽率には分銅を投げてこない。また、飛来する分銅をぎりぎりでかわすのは困難であろう。

虎之助は分銅をさっとかわすのではなく、杖に鎖を巻きつけさせる作戦に変更した。いったん巻きつけさせておいて、鎖を引っ張り、相手の動きを封じるのだ。右足を前方に、左足を後方に位置し、杖の片方の先端をお蘭の顔面に向ける青眼《せいがん》の構えにしておいてから、ツッと間合いを詰めた。

この虎之助の圧力を受け、お蘭も我慢できなくなったようだ。分銅をビュンと放つ。

飛来する鎖を、虎之助は杖の中ほどで受けて巻きつけようとした。

ところが、鎖の途中を撃たれた分銅は巻きつくどころか、軌道を曲げ、虎之助の左頬に飛来した。

杖で鎖を撃ち、やや勢いが衰えていたのと、防具の面を付けていたので衝撃はかなりやわらいでいた。それでも、頰骨から脳天にまで響いた。

お蘭が鎖を引き、分銅を戻そうとする。

虎之助はすかさず大きく踏みこんだ。

お蘭が左手に持った鎌をかかげたところ、虎之助は杖の右端を叩きつける。

バキンと音がして、鎌の竹製の刃は折れて吹き飛んでいた。

お蘭が持った鎖は垂れたままであり、攻撃には移れない。

虎之助が杖を構えた。

「そこまでにしておきなさい」

吉村が制止の声を発した。

面金越しだったが、お蘭の表情はいかにも悔しそうだった。鎌の刃を折られてしまったのを、敗北と感じているに違いない。


吉村に招かれ、お蘭と供の若党は奥の座敷に向かった。茶と菓子で、談笑するのであろう。

お蘭の姿が消えたあと、門弟の雨宮孫四郎《あめみやまごしろう》が話しかけてきた。

「貴公のあと、俺はお蘭どのに対戦を申しこむつもりだった。貴公の対戦を参考にしようと思ってな。まあ、姑息《こそく》なことを考えておったわけだが。

しかし、鎌の刃が折れてしまっては、もう無理だな。それにしても、貴公の戦いぶりは参考になったぞ。

まあ、相撃ちということか」

「いや、お蘭どのの分銅が、俺の顔面を直撃したのが早かった。分銅は木製だからな。もし、あれが鉄製の分銅だったら、俺は昏倒《こんとう》していたかもしれぬ」

「ほう、そうだったのか」

「それに、鎌の刃は竹製だったからな。あれが鉄の刃だったら、ああは簡単に折れなかったろう」

「ふうむ、では、実戦だったら、貴公の負けということか」

「悔しいが、そうだろうな。

しかし、これは負け惜しみになるが、実戦の場合は板張りの床ではないぞ。でこぼこの地面で、まわりに塀や立木もあろう。道場のように、自在に分銅を投げるのは難しいと思うがな。

だが、道場での対戦では、神道夢想流の杖術は、戸田派武甲流の鎖鎌に負けたということだ。

ところで、原牧之進《はらまきのしん》の姿を見かけぬが、貴公、見なかったか」

虎之助が道場内を見まわす。

雨宮も同じく見まわしたあと、言った。

「今日は、まだ、やつを見ておらぬぞ」

「そうか、どうしたのかな。やつも、お蘭どのとの対戦を楽しみにしていたのだが」

「それはそうと、稽古が終わったあと、一緒に飯を食わぬか」

「そうだな」

虎之助は誘いを受ける。

吉村道場の近くには、一膳飯屋《いちぜんめしや》も蕎麦屋《そばや》もあった。金さえあれば、独り者でも食事は苦労しない。

さらに、友人と一緒に飯を食うのは楽しかった。虎之助にとって、道場通いの楽しみのひとつでもあった。

それにしても、原の不在は不審だった。

三

稽古を終えて雨宮と食事を済ませたあと、篠田虎之助は永代橋《えいたいばし》を渡って隅田川を越えた。

隅田川を越えると、深川の地である。

深川には掘割が多いため、何度か小さな橋を渡ったあと、やはり掘割の仙台堀に沿った道を、関宿藩久世家の下屋敷に向かって歩いた。

途中、伊勢崎町にある茶漬屋の田中屋《たなかや》に顔を出す。各種の連絡事項があるため、一日に一度は顔を出すよう求められていたのだ。

虎之助が暖簾《のれん》をくぐると、女将のお谷《たに》が声をかけてきた。

「おや、篠さん、親分がお待ちですよ」

女にしてはやや低い声だが、どことなく艶《つや》っぽさがある。

お谷はかつて、深川の岡場所の遊女だった。やはり元玄人《くろうと》という経歴からだろうか、なにげない仕草《しぐさ》に男をひきつける色っぽさがあり、虎之助はときどき、どぎまぎすることがあった。

見ると、岡《おか》っ引《ぴき》の作蔵《さくぞう》が床几に腰をかけていた。

そばに、飯椀と、塩辛や香《こう》の物《もの》などの小皿があるが、どれも空っぽだった。

「わっしはちょいと、茶づったところでしてね。篠さんも一杯、どうですかい」

「いや、ついさきほど、門弟仲間と一膳飯屋で昼飯を食ったばかりでしてね」

「そうでしたか。一膳飯屋の飯と、田中屋の茶漬けでは勝負にならないですからな」

「いえ、そんな意味では……」

虎之助はちょっとあわてた。

お谷がおおげさに作蔵を睨《にら》んだ。

「親分、言ってくれるじゃないか。うちの茶漬けは一膳飯屋の飯に負けているってことかい」

「おお、怖い、怖い。煮え湯でもぶっかけられそうだ。篠さん、ちょいと出やしょう」

作蔵が銭を床几に置き、腰をあげた。

冗談めかして言っているが、虎之助は内密の話があるのだと察した。


田中屋を出ると、しばらく黙って歩いた。

仙台堀の岸は河岸場になっていて、多くの荷舟が接岸し、俵《たわら》や樽《たる》の積みおろしがおこなわれている。

どこも、人足《にんそく》や商家の奉公人らしき男が忙《いそが》しげに立ち働いているが、河岸場にひとけのない一画《いっかく》があった。

「ここにしやしょう」

作蔵が立ち止まる。

見晴らしが利くため、人が近づいてきたらすぐにわかる。立ち聞きも、盗み聞きもできない場所だった。

ややや離れて、仙台堀に架かる海辺橋《うみべばし》が見えた。

「このところ、深川あたりで辻斬りが立て続けに起きているのを、知っていやすか」

「はい、小耳にはさみました。なんでも、盲目《もうもく》の按摩《あんま》が斬り殺されたとか」

「そうなんですよ。目の見えない、抵抗も反撃もできない相手を狙《ねら》っているわけでしてね。考えただけで、反吐《へど》が出そうですぜ。

ところが、死体を見物した野郎のひとりが、

『見事な手筋だ。かなり手練《てだ》れの者の仕業《しわざ》だぜ』

などと、利いた風なことを言っていやしてね。

わっしは、張り倒してやろうかと思いましたよ。まあ、それはともかく。

死体が見つかるたび、町奉行所のお役人が検使を求められて、調べているわけですがね。けっきょく、

『状況から、同一人物による辻斬りのようだな。ともあれ、夜道は用心することじゃ』

で、終わりだそうでしてね。

埒《らち》があかないとはこのことですぜ。要するに、手がかりはなにもないのですよ。お役人もお手あげということですな」

「斬り殺した死体に金が添えてあるとか、聞きましたが」

虎之助が尋ねた。

作蔵が苦笑する。

「そういうことは、すぐに噂で広がりますな。じつは、死体に懐紙の包みが置かれていましてね。なかには、二分金《にぶきん》が入っています。そして、懐紙には『弔慰《ちょうい》』と上書きがあるのですよ」

「ほう、遺族への弔慰金ということですか」

「そうでしょうな。

妙なのは、これまでに四人が殺されているのですが、最初に殺された按摩には懐紙に包んだ金だけが置かれ、上書きはありませんでした。ふたり目から、懐紙に弔慰と書かれるようになったのです」

「ということは、最初のときは弔慰の気持ちから金を包んで残したものの、早くその場から去りたかったのでしょうな。余裕がなかったのがうかがえます。

二度目からは、弔慰と上書きして、あらかじめ用意していたのでしょうね。その場の思いつきではなく、計画的な辻斬りと言えるのではないでしょうか」

「ふうむ、篠さん、なかなか読みが深いですな」

「大沢靱負《おおさわゆきえ》さまや親分と付き合っていると、否が応でもそうなります」

虎之助が笑った。

大沢は北町奉行所の隠密廻《おんみつまわ》り同心である。作蔵は大沢から岡っ引としての手札をもらっていた。

「わっしが調べていくと、辻斬りがはじまる前、深川のあちこちで犬が斬り殺されていたそうでしてね」

「度胸試しとか、佩刀《はいとう》の斬れ味を試すとか称して、夜陰に乗じて犬を斬る武士はいるようですね。

関宿にいたころ、剣術道場の門弟のひとりから、犬を斬りにいこうと誘われたことがありました。もちろん、私は断りましたが」

「犬が何匹か斬り殺されてから、辻斬りがはじまったわけです。

最初は盲目の按摩で、後ろからバッサリ。ふたり目はやはり盲目の按摩でしたが、正面からバッサリ。三人目は、使いに出ていて帰りが遅くなった商家の丁稚《でっち》小僧で、後ろからバッサリ」

「ほう、犬を斬って度胸をつけたあと、いよいよ人間に取りかかったわけですね。それでも、最初は目の見えない人間を、後ろから不意討ちにしたわけです。ひとりを斬ったことでやや度胸がつき、ふたり目は正面から斬りました。しかし、やはり目の見えない相手でした。三人目は丁稚小僧で、子どもとはいえ目が見えます。気づいて逃げられるのを恐れたのか、背後から斬りました。辻斬りが徐々に大胆になり、また技量も高めているのがわかりますぞ。すると、四人目はどうだったのですか」

「じつは四人目のあと、わっしは辻斬りのあとをつけ、身元を突き止めたのですよ」

作蔵がニヤリとした。

虎之助が驚いて言う。

「えっ、辻斬りをしているのが誰か、わかったのですか」

作蔵が急に口をつぐんだ。

天秤棒《てんびんぼう》で前後に竹籠をつるした、棒手振《ぼてふり》の男がやってきたのだ。

男は河岸場の端《はし》で天秤棒をおろした。竹籠には南瓜《かぼちゃ》が入っているようだ。

虎之助がそれとなく見ていると、男は水辺に立ち、ふたりに背を向けた。手を前にまわしてもぞもぞしていたかと思うと、仙台堀の水面に向けて放尿をはじめた。

ちょうど行き交う舟はなかった。もし岸近くを行く舟があれば、男の陰茎と弧を描く水流が見えるはずである。

「なんだ、野郎、立小便か」

作蔵が顔をしかめた。

虎之助は苦笑するしかない。

忌々《いまいま》しそうに作蔵が言う。

「まったく、長い小便だな。まるで牛の小便だぜ」

ようやく放尿を終え、男が天秤棒をかつぎ直して去っていくのを見送ってから、作蔵が話を再開した。

「もう現場を押さえるしかないと思いましてね。わっしはこのところ毎晩のように、子分ひとりを連れて、深川一帯を歩いていたのです。

先一昨日の晩、蛤町《はまぐりちょう》を歩いていると、角からひょっこりお武家が姿を現しましてね。しかも、御高祖頭巾《おこそずきん》で顔を隠しているのですよ。

わっしは、思わず『出たぁ〜』と叫びそうになりやしたよ。肝を冷やすとはこのことですぜ。

お武家はわっしと子分をちらと見ただけで、何事もなかったかのようにすたすたと歩いていきましたがね。落ち着き払ったものでした。

わっしも子分の手前、何事もなかったかのような顔をして角を曲がったのですが、今度こそ、

『おい、辻斬りだぞ』

と叫びましたよ。

道に盲目の按摩が仰向けに倒れているではありませんか。

右から左に、袈裟《けさ》斬りにバッサリ。しかも、喉《のど》のあたりを突いてとどめを刺すという、念の入れようでしてね。もう、息はしていませんでした。

胸のあたりに懐紙の包みが置かれていて、『弔慰』と上書きしてありました。中身は二分金がひと粒。

まさに四人目です。

さっき、すれ違った御高祖頭巾のお武家が辻斬りに違いありません。さあ、どうするか。

相手は刀を持っていますが、わっしは十手《じって》だけ。子分にいたっては武器はなにも持っていませんからね。ふたりで召し捕るのはとうてい無理。

そこで、子分に自身番に走らせ、わっしはさきほどのお武家のあとをつけることにしたのです。

子分がさげていた提灯を渡そうとしたのですが、わっしは断りましてね。提灯なしで、月明かりであとをつけることにしたのです。お武家も提灯をさげていませんでしたからね。こっちに提灯があると目立ちますから」

「なるほど、親分ひとりであとをつけたのですか」

虎之助は話を聞きながら、興奮をおさえられなかった。

まさに、手に汗を握るとはこのことであろう。

「すぐに追いつきましたよ。相手も提灯がないため、月明かりに照らされた場所を選んで歩いています。そのため、尾行はわりとたやすかったですな。

わっしは、相手がいつの間にか御高祖頭巾を外しているのに気づき、もう辻斬りに間違いないと思いやしたぜ」

「どういうことですか」

「辻斬りをするときは、人に顔を見られたくないため、御高祖頭巾をする。しかし、普通に歩いているとき御高祖頭巾をしていると、かえって目立ちますからな。現場から離れると、さりげなく頭巾を外して、ふところにおさめたのでしょう」

「なるほど」

「お武家はあそこに見える海辺橋を渡って、あとはまっすぐ本所《ほんじょ》の方向に歩いていきましてね。わっしは物陰に身を隠すようにしながら、あとをつけたわけです。ついに、お武家がお屋敷の裏門から中に入りました。夜中ですから、くわしいことは調べられません。わっしはお屋敷の場所をしっかり覚えて、その夜は家に帰ったのです。

　翌朝、わっしは覚えている場所に行って、くわしく調べました。そして、わかりましたよ。

　本所林町にある、本郷又三郎というお旗本のお屋敷でした。当主の又三郎さまは無外真伝流という剣術の創始者で、お屋敷の中に道場を開いているようでした。つまり、本郷又三郎さまは剣術使いなのですよ」

「ほう、剣術使いが辻斬りですか。自分の剣技に磨きをかけるつもりなのでしょうか。考えられないわけではありませんね」

「わっしはすぐに、大沢の旦那にお知らせしましてね。すぐに、辻斬りを召し捕るつもりでした。本郷家の屋敷を見張っていて、夜が更《ふ》けてから裏門から出てくる人間を尾行し、適当な場所で取り囲んで召し捕ればよいと思ったのです。

　ところが、大沢さまが顔色を変えましてね。

『本郷又三郎だと。おい、作蔵、早まってはならぬ。ちょいと待て。迂闊《うかつ》に動くと、元《もと》も子《こ》も失うぞ。拙者にちょいと調べさせてくれ。

お奉行の安房守《あわのかみ》さまにも相談せねばならぬ』

　というわけでしてね」

「ほう、なにか、いわくのある人物なのですか」

「そうでしょうな。さきほど、大沢さまからの使いが来て、今夜、会いたいとのことでしてね。おまえさんも来てくださいな」

「私もですか」

「篠さん、いよいよ出番ですぜ。

　今夜、五ツ（午後八時頃）をめどに田中屋で。よろしいですな」

「承知しました」

虎之助は作蔵と別れたあと、関宿藩の下屋敷に帰る。

下屋敷内の長屋で、独り暮らしをしていたのだ。

大名屋敷はたいてい、上屋敷、中屋敷、下屋敷があるが、なかでも下屋敷は火災などの避難場所であり、普段はほとんど使っていない。

緊急避難用のため、長屋も空き部屋だらけだった。関宿から江戸に出てきて以来、虎之助はそんな空き部屋のひとつに住んでいたのだ。

四

五ツ（午後八時頃）を告げる鐘の音が響いてきた。

およそ一万三千坪ある広大な関宿藩の下屋敷は、森閑《しんかん》としていた。静かなだけに、あちこちから、か細い虫の声が聞こえてくる。

篠田虎之助は長屋の腰高障子をそっと開いて、あたりをうかがったあと、外に忍び出た。

敷地内にある大きな池が下弦《かげん》の月を映し、水面がほのかに輝いている。

（人に見られるとまずいな）

下屋敷はわずか十人ほどが住みこんで管理されていた。広さのわりに人は少ないとはいえ、どこで見られているかわからない。

とくに、下屋敷の管理責任者である天野七兵衛《あまのしちべえ》は、けっこう夜遅くまで部屋に行灯《あんどん》を灯《とも》していた。

（まだ起きているな）

部屋の窓の障子がほんのりと明るい。おそらく、天野は本を読んでいるのであろう。

虎之助は月の光に照らされないよう、建物や木々の陰を伝いながらそっと歩いた。

歩みにつれ、いったんは足元周辺の虫の音がやむが、またすぐに鳴きだす。

下屋敷の敷地は入り組んだ多角形をしていて、通りに面した二辺はいかにも大名屋敷らしい海鼠塀《なまこべい》だった。だが、そのほかの辺は武家屋敷や町家に接しているため、黒板塀で仕切られているにすぎない。

虎之助は、町家の伊勢崎町に接している場所に来た。

真っ暗だが、すでに手触りでわかる。

板塀に節穴がある。その節穴に指をひっかけて引くと、板塀の一部が内側に開き、人がかろうじて通れるくらいの隙間ができた。

下屋敷を抜けだすと、民家の板壁があった。

板壁を押すと、一部が奥に開いて、やはり人が通り抜けられる隙間ができた。三味線の音色がはっきりと聞こえる。

隙間をすり抜けると、せまい土間があった。三味線の音色とお谷の声が、いちだんと高くなる。


〽潮来出島《いたこでじま》の真菰《まこも》の中で、菖蒲《あやめ》咲くとはしおらしや、サーヨンヤサ、アーヨンヤサ

虎之助は履いていた庭下駄を脱ぎ、土間から板敷にあがる。

板敷に立ち、板戸を横に引くと、そこは田中屋の奥座敷だった。

お谷の亭主の猪之吉《いのきち》と岡っ引の作蔵が、長火鉢《ながひばち》をあいだにはさんで酒を呑んでいた。

長火鉢の猫板の上には徳利《とっくり》と湯呑茶碗、小皿がのっていた。小皿には海鼠腸《このわた》や小魚の佃煮が入っているようだ。

「大沢の旦那は、いま着替え中ですぜ」

作蔵が指で二階を指さした。

猪之吉が言う。

「いましがた、お谷が歌っていたのは、『潮来出島』という端唄《はうた》ですがね。こんな替え歌がありやしてね」


〽四《よ》ツ《つ》谷新宿《やしんじゆく》馬糞《まぐそ》のなかに、菖蒲咲くとはしおらしや

ややだみ声で歌い終えた猪之吉が、そばにいる女房に向けて目を怒らせた。

「やい、亭主の端唄に、なぜ三味線を弾かねえんだよ」

「そんな馬鹿馬鹿しい文句に、三味線なんぞ弾けるもんか」

お谷がツンとする。

作蔵がニヤニヤしながら言った。

「篠さん、いまの替え歌の意味はわかりやすか」

「いえ、なにが面白いのか、いっこうにわかりません」

「内藤新宿《ないとうしんじゆく》の、飯盛女《めしもりおんな》と呼ばれる遊女のことですがね。甲州街道や青梅《おうめ》街道は舟

が使えないので、輸送は馬が中心です。そのため、内藤新宿の通りには馬糞がたくさん落ちているのですよ。

飯盛女を、そんな馬糞のなかに咲く菖蒲にたとえているわけでさ」

「ははあ、なるほど」

虎之助はわかったような、わからないような気分だった。


「おう、そろっておるな」

階段が軋《きし》み、大沢靱負がおりてきた。

右手に燭台《しょくだい》、左手に大刀を持っている。

二階の部屋で、職人や商人のいでたちから、羽織袴《はおりはかま》の武士の姿に戻ったのだ。

町奉行所の同心のうち、定町廻《じょうまちまわ》り同心、臨時廻《りんじまわ》り同心、隠密廻り同心は、俗に「三廻り」と呼ばれた。

ところが、前の二者が与力の支配下にあるのに対し、隠密廻り同心は奉行に直属していて、秘密の捜査に従事した。

そのため、隠密廻り同心は変装して諸所に潜入することも多かった。

北町奉行所の隠密廻り同心である大沢は田中屋の二階に部屋を持っていて、そこで変装していたのだ。田中屋は茶漬屋というのは表向きで、実際は隠密廻り同心の隠れ家だった。

大沢が蠟燭《ろうそく》を吹き消した。

大刀を畳に横たえ、座りながら虎之助に言った。

「辻斬りの話は聞いたと思う」

「親分が辻斬りの屋敷を突き止めたところまでは聞いております」

「作蔵がまた、厄介事を持ちこんできてな」

大沢が冗談めかして言った。

作蔵は笑いをこらえている。

「本所林町に屋敷のある本郷家は二百五十俵の旗本で、当主は又三郎。

本郷家は新御番衆《しんごばんしゆう》という役目に就いていた。ところが、又三郎の父がなにかの不始末で小普請組《こぶしんぐみ》に編入された。それ以来、本郷家は小普請組だ。そのため仕事はなにもないが、又三郎が無外真伝流という剣術を創始した。

二百五十俵という微禄だが、屋敷の敷地は三百坪ほどある。そこで、屋敷内に道場を造った。なかなか流行っているようだが、その背景はあとで述べよう。

本郷又三郎は旗本としての仕事はなにもないが、いまや押しも押されぬ道場主と言えような。ほかの小普請組の旗本や御家人のような窮乏《きゅうぼう》はしておらぬようだ。

大輔という息子がいて、二十一歳。この大輔は幼いころから剣術の手ほどきを受けたこともあって、すでに無外真伝流の免許皆伝を得ており、なかなかの使い手だそうだ。門弟からは『若先生』と呼ばれているとか。

さて、作蔵が尾行し、本郷家の屋敷に裏門から入っていった武士だ。辻斬りと思われるが、まさか父親の又三郎ではあるまい。息子の大輔だろうな」

「へいへい、顔は見ていないのですが、身体つきなどからして若い男でしたな。二十一歳なら、間違いありやせんぜ」

作蔵がうなずいた。

大沢は、お谷から酌をされた酒を呑みながら、話を続ける。

「大輔が辻斬りをしているのだとしたら、召し捕るのは簡単だ。相手は微禄の旗本の子弟にすぎぬからな。

作蔵が当初考えたように、本郷家の屋敷を見張っていて、夜中、大輔がひとりで裏門から忍び出てくるのを尾行し、適当なところで寄ってたかって召し捕ればよい。その後、佩刀を見れば血糊のあとはわかるし、着物や袴にも返り血のあとがあるはずだ。

となれば、あとは自白させるだけだからな。まあ、ちょいと手荒い尋問をすれば、大輔はすべて白状するであろうよ。

罪もない人間を四人も殺したとなると、おそらく大輔は獄門。本郷家は改易《かいえき》となり、お家断絶。父親の又三郎は浪人となるだろうな」

「へいへい、わっしは大手柄ですな」

作蔵がおどけた。

大沢が難しい顔になる。

「だが、そうはいかぬな。『作蔵がまた厄介事を持ちこんできた』という、そのわけを説明しよう。

本郷又三郎どのには、貝淵《かいぶち》（千葉県木更津市）藩の藩主である林肥後守忠英《はやしひごのかみただふさ》どのという後ろ楯《うしろだて》がいる。さらに、林肥後守どのには、大御所家斉《おおごしょいえなり》さまという後ろ楯がいるのじゃ」

「貝淵藩……」

虎之助は聞いた覚えのない藩だと思った。

作蔵も怪訝《けげん》そうな顔をして、つぶやく。

「林肥後守忠英さま……」

「ふたりがピンとこないのも無理はない。貝淵藩は、わずか十三年前の文政八年（一八二五）に成立したのだからな。

では、林肥後守忠英どのの大出世からはじめようか」

そこまで話したところで、大沢が口をつぐんだ。

階段が軋み、二階から老人がおりてきたのだ。

老人はみなに頭をさげると、台所の横の雪隠《せっちん》に向かった。

田中屋には数人の女中や下女がいるが、通いだった。夕方になると、みな家に帰る。

下男で飯炊きの老人が、田中屋の唯一の住み込みの奉公人だった。早朝から客が茶漬けを食べにくるので、夜が明ける前に飯を炊いておかねばならない。そのため住み込みでないと無理だったこともあるが、都合のよいことに老人は耳が聞こえなかったのだ。

通いの奉公人が帰ったあとの田中屋では、大沢も安心して内密の話ができるというわけだった。

しばらくして、老人が小用を終えて戻り、みなに頭をさげて、階段をのぼっていく。二階の一画に、寝床がもうけられていた。

黙って酒を呑んでいた大沢が、老人が二階に消えたのを見て、話を再開するようだ。耳が聞こえないのはわかっていても、やはり心理的に躊躇《ためら》われたのであろう。

「林家はもともと三千石の旗本だった。

林家の嫡男である忠英どのは、十一代将軍家斉さまの小姓となった。これが、忠英どのの出世のはじまりじゃ。忠英どのは家斉さまに気に入られたのだ。

以後、公方さまの寵臣《ちょうしん》として、忠英どのはめざましい昇進をしていく。小姓頭取、小姓組番頭格御用取次見習、側御用取次に昇進し、文化十年に千石、文政五年には三千石を加増され、林家の知行は七千石となった。

文政八年には、忠英どのは若年寄《わかどしより》となり、御用取次と勝手掛りを兼務して、さらに三千石を加増された。ついに一万石となり、大名となったわけじゃ。かくして、貝淵藩一万石が成立した」

「めざましい出世ですな」

作蔵は呆れていた。

虎之助が慎重に言う。

「合戦で大手柄を立て、軽輩の身から大身《たいしん》に取り立てられる時代もあったと聞いております。しかし、いまの世の中にあって、旗本から大名になるなど、信じがたい気がしますが」

大沢が笑った。

「遠慮せんでもよい。太平の世にあって、公方さまに気に入られたことで、旗本から大名に成りあがったのだからな。前代未聞と言ってよかろう。

四年前の天保五年（一八三四）、忠英どのはさらに三千石を加増され、貝淵藩林家は一万三千石となった。まさに飛ぶ鳥を落とす勢いといえよう。

去年、家斉さまは将軍職を世子《せいし》の家慶《いえよし》さまに譲り、ご自分は本丸から西の丸に移って大御所《おおごしょ》と称されておる。

だが、忠英どのは依然として大御所さまの信任が厚く、その権勢は揺るぎないものがある。

ここまでは、わかったか」

「はい」

うなずきながら、虎之助は重苦しい気分になってきた。

岡っ引はもちろん、町奉行所の役人も乗り越えられない壁があるということだった。

「旗本で、無外真伝流の道場主である本郷又三郎どのは、貝淵藩の剣術師範なのだ。本郷道場には少なからぬ貝淵藩士も通っているようじゃ。

そもそもの発端はわからぬのだが、林忠英どのが旗本だったころ、家臣が本郷道場に通っていて、それがきっかけになったのかもしれぬな。

背景はそういうことじゃ」

「しかし、旦那、なぜ本郷大輔さまを辻斬りとして召し捕れないのですかい」

作蔵は不満そうだった。

大沢がつらそうに言う。

「本郷大輔どのの背後には、本郷又三郎どのがいる。本郷又三郎殿の背後には、林忠英どのがいる。林忠英どのの背後には、大御所家斉さまがいる。

手は出せない。もし手を出しても、つぶされるのがおちだ」

「しかし、放っておくと、辻斬りで殺される者がこれから、もっと増えるかもしれませんぜ」

「もちろん拙者は、また、お奉行の大草安房守高好さまも、手をこまねいているつもりはない。断じて辻斬りはやめさせ、相応の処罰も与える。

ただし、町奉行所の役人や岡っ引が直接、手をくだすわけにはいかぬということだ」

「じゃあ、どうするんです？」

作蔵が言った。

大沢が虎之助を見る。

これまでの話の流れから、虎之助も予期していた。

「貴殿にやってもらうぞ」

「はい」

「これまでの辻斬りの起きた日を見ていくと、月の明るい晩だ。提灯を持っていては、刀は振るえぬからな。

これから月が細くなっていく。新月になり、そして上弦《じょうげん》の月が明るく輝きだすまで、本郷大輔は動かぬだろう。それまで、しばらく余裕がある。その間に、じっくり作戦を練ろう」

「はい、承知しました」

虎之助はやりがいのある任務だと思った。

対立する勢力の片方のために動くのではない。非道な辻斬りを退治するのだ。

世のため人のためになる任務と言ってよかろう。

大沢と作蔵が帰り支度をはじめた。

虎之助も抜け道を通って、関宿藩の下屋敷に戻る。

北町奉行所から裏の任務を命じられているのは、秘せられていた。夜の外出を秘密にしておくため、朝は長屋で目覚めなければならないのだ。

五

原牧之進は杖をまっすぐ上下に構えていた。右手は杖の中ほど、左手はやや下のほうを握り、左肩をこちらに向ける半身の体勢である。いわゆる「鶴《つる》の一足《ひとあし》」の構えだった。

いっぽう、篠田虎之助は木刀を大上段に振りかぶっている。

吉村道場で稽古をするとき、虎之助と原は杖対刀の戦いを想定し、おたがいに役割を代えて稽古していたのだ。

「とぉー」

虎之助が木刀を振りおろす。

原が杖で木刀を払いながら、胸を突こうとする。虎之助が木刀で杖を叩きつけ、間合いを詰める。そのまま、面を撃とうとした。

ところが、原はすっと体《たい》を低くするや、

「りゃー」

と、杖で払った。

ビシッと音が発し、虎之助の右膝のあたりに痛みが走る。

杖で撃たれていたのだ。

剣術の防具の面、胴、籠手に加え、薙刀の防具の脛当も付けていた。だが、脛当は膝の部分までは守ってくれない。

虎之助は苦痛で顔をしかめた。

「貴公は手加減をせぬ男だな」

「すまん。しかし、これでも、かなり手加減をしたつもりだぞ。なんなら、濡れた手ぬぐいで冷やすすか」

原が心配そうに言った。

虎之助は、相手が手加減をしたのは本当だろうと思った。もし、本気の打撃を受けていれば、その場に転倒していたはずである。

「まあ、冷やすまでもないが」

「ところで、稽古はこのあたりで切りあげぬか。ちと、話がある」

原が顔を近づけ、面金越しにささやいた。

虎之助はあっさり了承する。

そして、防具を外しながら言った。

「お蘭どのが鎖鎌を引っさげて他流試合に来たぞ。貴公も楽しみにしていたではないか。なぜ、道場に来なかったのか」

「じつは急用ができてな。残念だった。じつは、これからの話というのも、かかわっておる」

「ふうむ、そうなのか」

「ところで、貴公はお蘭どのと、ほぼ引き分けたと聞いたが」

「防具を付けた、道場での試合なので引き分けに見えたのであろう。実際の鉄の分銅だったら、俺は頭蓋骨にひびがはいって、ぶっ倒れていたろうな」

「ほう、分銅は避けられなかったのか」

「分銅の圏内に入ってはいかんな。とにかく圏外にいて、いったん分銅を投げさせたあと、間合いを詰めるべきだ」

「ふうむ、なるほど。しかし、道場の床の上では鎖鎌が有利だが、外、とくに町中などではかならずしもそうはいくまい。塀や壁や、立ち木などの障害物をうまく利用すれば、鎖鎌の分銅を牽制《けんせい》できると思うぞ」

原が感想を述べる。

虎之助は原の鋭い分析に驚いた。というもの、まったく同じことを考えていたのだ。

*

「できるかぎり吉村道場から離れよう」

道場から連れだって出たあと、原が言った。

稽古帰りのほかの門弟と顔を合わせたくない、ということであろう。

ふたりで歩いていると、やがて八尺（約二・四メートル）に近い高さの練塀に囲まれた、広大な屋敷が見えてきた。練塀の上には鉄製の忍返《しのびがえし》まで植えられている。

周囲は堀で、石橋が架けられていた。石橋を渡ったところが表門のようである。

虎之助は奇異に感じた。

（大名屋敷にしては、ちょいと異様だな）

原が虎之助の不審そうな顔を見て、笑みを含んで説明する。

「これが小伝馬町の牢屋敷だ」

「ほう、ここが牢屋敷か。ずいぶん広いな」

「二千六百坪以上、あるだろうな。牢屋のほかに、死罪場や試し場もある」

「死罪場はなんとなくわかるが、試し場とはなんだ」

「死罪場は、罪人の首を斬る場所だな。試し場は、首を斬られた罪人の肢体を用いて、山田浅右衛門とその門人たちが刀の試し斬りをする場所だ」

「貴公、くわしいな。入ったことがあるのか」

「いや、残念ながら、まだ、ない」

ふたりで笑いながら、牢屋敷のそばを通り抜けた。

やがて、通りに面して一膳飯屋があったので、そこに入り、床几に隣りあって腰を掛けた。

原が頼んだ生節《なまぶし》や高野《こうや》豆腐《どうふ》の煮付けをおかずに、ふたりで丼飯を食べる。

虎之助が言った。

「なかなかうまいな。魚のようだが、これはどうやって作るのかのう」

「それは生節だ。三枚におろして蒸した鰹《かつお》の身を、半干しにしたものだ」

「ふうむ、手が込んでいるな」

虎之助は関宿にいたころ、生節など食べたことはなかった。

原は江戸生まれの江戸育ちだが、実家は幕臣とはいえ微禄の御家人である。虎之助の実家同様、食生活はごく質素なはずだった。

原がそれなりに料理について知っているのは、実家の食事からではなく、外食をしているからに違いない。

虎之助も薄々、原のそれなりに豊からしい懐《ふところ》事情は察していた。用心棒稼業をして収入を得ているのであろうが、指摘するのはやめておいた。

原が飯を食べ終えると、茶を飲みながら言った。

「じつは、貴公に頼みたいことがあってな。力を貸してくれぬか」

「貴公の頼みとあれば、断りはしないぞ。しかし、貴公も知っているように、俺は町奉行所の、いわば汚れ仕事を引き受けている。町奉行所の下請けと言ってもよかろうか。

そんなわけだから、町奉行所の役人に追われるような羽目になる仕事は困るぞ。

そんな仕事だったら、断らざるをえぬが」

「そこは心配しないでくれ。町奉行所が乗りだしてこないようにするため、俺が頼まれたと言おうかな。つまり、町奉行所の役人が介入してこないように、対処するというわけだ」

「ふうむ、おもしろそうな話ではあるが。どこで、どうやるのだ」

「場所は内藤新宿だ。貴公はまだ知らぬと思うがな。宿場なのだが、実際は遊里としてにぎわっている場所だ」

「ほう、馬糞のなかに菖蒲がしおらしく咲いているところだな」

虎之助はつい先日、田中屋の猪之吉の替歌と、岡っ引の作蔵の解説で知ったばかりの知識を、さっそく披露した。

原は驚いている。

「え、貴公、なぜ、そんな替歌を知っているのだ。内藤新宿で遊んだことがあるのか」

「まあ、それくらいのことは知っているさ」

虎之助が笑った。

原はどこまで本当なのか、はかりかねているようだったが、

「では、くわしい話は、外でしよう」

と、床几から立つ。

一膳飯屋では、声が周囲に聞こえるからである。やはり、用心深かった。

ふたりで立ち話できる場所を探して歩いていると、またもや牢屋敷に突きあたった。

「よほど牢屋に縁があるようだな」

どちらからともなく笑いだす。

さきほどは表門だったが、今度は裏門が見える場所である。獄門首などはこの裏門から、小塚原《こつかっぱら》や鈴ヶ森《すずがもり》に運ばれていくのであろう。

けっきょく、牢屋敷を囲む堀のそばで話すことになった。

「内藤新宿の旅籠屋の多くは、飯盛女と呼ばれる遊女を置いている。そのため、飯盛女のいる旅籠屋は事実上、女郎屋といってよい。

八木田屋《やぎたや》という、内藤新宿でも五本の指に入る女郎屋がある。その八木田屋の二八《にはち》になる、お君《きみ》という娘がさらわれた」

「二八ということは十六歳か。娘盛りの年頃ではないか」

「さらった男も、お君が閉じこめられている場所もわかっている。だが、迂闊に手を出せない」

「なぜだ」

「さらったのは旗本、お君が幽閉されているのは旗本屋敷のなかだ。役人に訴えても、埒があかない」

「ふうむ、厄介だな。その旗本が八木田屋に要求しているのは、要するに金か」

「いや、そうではない。

女郎屋でいちばん上の遊女をお職《しょく》という。八木田屋のお職の、和泉《いずみ》という女を要求している。お君と和泉を交換しようというわけだな。

もちろん、八木田屋は和泉を差しだす気はないが、娘のお君は無事に取り戻したい。そんなわけで、俺が乗りだすことになったのだが。さて、どうするか。

そこで、ハッと思いだしたのが、以前、貴公と俺で駕籠かきの人足に扮《ふん》し、旗本屋敷に入りこんだことだ。あれが応用できると気づいた」

「そういえば、俺と貴公で、お蘭どのを乗せた駕籠をかついだな。すると、俺と貴公が駕籠かき人足になり、和泉どのを乗せて旗本屋敷に乗りこむのか」

「いや、和泉どのを乗せるわけにはいかん。身代わりの女を乗せる」

「身代わりといっても、今回はお蘭どのは頼めぬぞ。本人に話をすれば、おそらく喜んで了承するだろうがな。

しかし、お蘭どのは苟《いやしく》も町奉行の娘だ。我らが勝手に頼むわけにはいくまい」

「もちろん、お蘭どのには頼めない。そこで姉に駕籠に乗ってもらうことにした」

「え、姉……。貴公の姉上ということか。しかし……」

「そもそも、お君を奪還する相談を俺に持ちこんできたのは、姉だからな」

「ということは、貴公の姉上は……」

虎之助は語尾を濁《にご》した。

状況がよくわからない。原の姉は内藤新宿の遊女なのだろうか。だが、さすがに露骨《ろこつ》な質問は遠慮する。

原が笑った。

「貴公が誤解するのも無理はない。残念ながら、姉は遊女ではない。

じつは、姉は武芸者でな。亭主──俺にとっては義理の兄だが──も武芸者だ。

つまり夫婦で、内藤新宿の女郎屋の遊女や若い者に護身術を教えているのだ」

「ほう、しかし、ピンとこぬな」

虎之助は驚くと同時に、ますますわからなくなってくる。

原家についてなにも知らないのを、あらためて実感する思いだった。

西の空を眺《なが》めたあと、原が言った。

「まあ、説明すると長くなるので、そのへんは後まわしにしよう。日も傾《かたむ》いてきたようだからな。

おおよそ、そんなことだが、引き受けてもらえるか」

「人を殺すわけではないよな」

「杖を使う。刀は用いない」

「よし、引き受けよう」

「それを聞いて安心した。俺はこれから内藤新宿に行き、八木田屋で打ちあわせをしてくる。その後、姉のところにも行きたい。

今日は、ここまでとしよう。明日、吉村道場で会ったとき、くわしい話をする」

「よし、わかった。俺に用事があるときは、田中屋という茶漬屋の主人の猪之吉、あるいは女将のお谷に伝言してくれ」

ふたりは牢屋敷の塀の外で別れた。

虎之助は深川へ、原は内藤新宿に向かう。

六

秘密の抜け道を通って篠田虎之助が田中屋の奥座敷に行くと、すでに北町奉行所の隠密廻り同心の大沢靱負がいた。話をしている相手は岡っ引の作蔵である。そばには、田中屋の主人の猪之吉と、女房のお谷もいた。

「遅くなりました」

挨拶しながら虎之助が座った。

大沢がすぐに口を開く。

「いろいろ調べていくと、本郷又三郎と大輔の親子について興味深いことがわかったぞ。

先日、本郷又三郎どのは貝淵藩林家の剣術師範と述べた。

貝淵藩の上屋敷は呉服橋内、中屋敷は蛎殻町《かきがらちょう》、下屋敷は菊川町《きくかわちょう》だが、拙者が調べたところ、とくにどこかの屋敷内に道場がある様子はない。貝淵藩士は、本所林町にある無外真伝流の本郷道場に通うよう奨励《しょうれい》されているということだろうな。ともあれ、藩主林忠英どのが本郷又三郎を信任しているのがわかる」

「庇護《ひご》は強力なわけですね」

「息子の大輔どのについても、じつに興味深い事実がわかった。さきごろ、大輔どのは人の首を斬る経験をしたいとして、山田浅右衛門に入門し、小伝馬町の牢屋敷内の死罪場で、罪人の斬首をおこなっていたのだ」

「え、大輔どのは牢屋敷に出向いていたのですか」

　虎之助はいささか驚いた。

　今日の昼間、原牧之進とともに外観だけとはいえ、牢屋敷を眺めてきたところだった。不思議な偶然といえよう。

「拙者は山田浅右衛門どのに面会し、話を聞いた。拙者は町奉行所の役人だからな、山田どのも包み隠さずしゃべったぞ。

　剣術の稽古をしていると、防具を付けて竹刀で撃ちあっているだけでは物足りなくなり、刀で人を斬ってみたいと思う者が出てくるようだ。その気持ちは、わからんでもないがな。しかし、戦場がない世の中では、人を斬る機会などまずない。

　そこで、せめて人の身体を斬る経験をしたいと、山田どのに入門料を払って仮の門人となり、刀の試し斬りをやらせてもらうわけだ。自分の佩刀を持参し、首を失った罪人の胴体や腕や脚を斬って、人を斬る手ごたえを感じ取るわけだな。

ところが、大輔どのは、

『肢体の試し斬りではなく、罪人の斬首をやらせてください』

と申し出てきたそうだ。

山田どのも驚いたようだが、これまでにも、そういう男がいなかったわけではないらしい。それに、大輔どのは無外真伝流の免許皆伝だという。そこで、山田どのは自分の門人という形にして、斬首を代行させた」

「ほう、大輔どのは牢屋敷内で、首斬りをおこなっていたのですか」

虎之助は妙に胸がざわめくのを覚えた。

大沢が笑みを浮かべる。

「ところが、大輔どのは醜態を演じたそうでな。刀を振りおろしたものの、二度まで失敗し、ようやく三度目で首を斬り落としたそうだ。

山田どの曰《いわ》く、

『どうせ首を斬られるなら、一度で斬り落としてやるのが慈悲ですからな』

つまり、二度も失敗した大輔どのは、罪人によけいな苦しみを与えたことになろう」

「ということは、旦那、大輔さまの免許皆伝は、ちょいと怪しいんじゃないですかい」

我慢できなくなったのか、作蔵が口をはさんだ。

猪之吉もここぞとばかりに言いつのる。

「道場主の息子ってことで、免許皆伝も若先生も、虚仮威《こけおど》しだったんじゃねえのですかい」

「旦那、その大輔って倅《せがれ》は、たんなる親の七光《ななひか》りなんじゃないのですか」

お谷までもが痛罵《つうば》した。

大沢は苦笑していたが、口調をあらためる。

「いや、そうとも言えぬのだ。拙者が大輔どのの剣術の技量に疑問を呈《てい》したところ、山田どのはこう説明した。

『首は、頸椎という骨が重なる形になっております。ですから、たとえば指で触って頸椎と頸椎の重なりを確かめ、そこに墨で線を引いておいて、そこをめがけて刀を振りおろせば、首はスパリと斬れるでしょうな。

しかし、実際には首に墨で目印の線を引くことなどできませぬ。離れた場所から目で確かめ、刀を振りおろさなければならぬのです。骨を直撃すれば、当然ながら刃は弾かれます。

　拙者は首斬りに習熟していると言えましょうが、その拙者ですら、五回に一回は失敗するほどです。大輔どのは二度失敗しても、三度目に成功させました。むしろ、それを褒めるべきでしょうな。

　まあ、拙者がこんなことを言うのはなんですが、首斬りはけっこう難しいのですよ」

　そう言うや、山田どのは神妙な顔をして、おおげさにうなずいた。

　これには、拙者も噴きだしたぞ。首斬浅右衛門が『首斬りはけっこう難しいのですよ』と、しみじみ述べるのだからな。

　山田どのは諧謔《かいぎゃく》の気味もある、なかなかの人物だぞ」

「ところで、山田浅右衛門どのは、本郷大輔どのの剣術の技量をどう見ているのでしょうか」

　虎之助が言った。

　もっとも関心のある、肝心な点だった。

　大沢がうなずく。

「うむ、そこじゃよ。いよいよ佳境に入ってきたが、その前に、一杯、呑ませてくれ」

「あいよ」

お谷が手早く用意をする。

元遊女だけに、酒に関しては手際がよい。茶碗に酒をそそいで渡すと同時に、長火鉢の炭火でなにやら肴《さかな》を焙《あぶ》りはじめた。

風味を感じさせる、香ばしい匂いがする。

作蔵が不思議そうな顔で言った。

「それは、なんだね」

「海鼠子《このこ》ですよ。海鼠子には棒の形をした棒子《ぼうこ》と、三味線の撥の形をした撥子《ばちこ》があるのですが、あたしは商売柄、撥子が贔屓《ひいき》でしてね」

「ほう、たしかに撥の形をしているな。ところで、海鼠子はなんでできているのだね」

「さあ、それは知りません」

お谷があっさり答えた。

大沢が笑いながら説明する。

「海鼠《なまこ》の卵巣を乾燥させたものだ。撥の形にととのえて、干すそうだぞ」

虎之助はそばで聞きながら、感心するしかない。

今日、昼間は生節を堪能した。夜は海鼠子を賞味することになろうか。

海鼠子を肴に茶碗酒を呑みながら、大沢が話を再開した。

「山田どのは大輔どのをけっして見くだしてはいなかった。山田どのは、こう述べた。

『本郷どのは防具を身に付け、竹刀で撃ちあう道場剣術にあまりに馴染んでしまっていたのでしょうな。力を込めて振りおろすという刀の操作に慣れていなかったため、首を斬るのに戸惑《とまど》ったのでしょう。なにせ、刀でなにかを斬るというのは初めての経験だったのでしょうから、無理はありません。

拙者は、本郷どのの天分と技量は、なかなかのものと見ましたぞ。

要は、経験ですな。刀で斬る経験を積めば、本郷どのは本物の剣客になると思いますぞ』

それを聞いて、拙者はハッとした。本郷大輔が辻斬りをはじめた心の動きがわかった気がしたと言おうかな」

話を聞きながら虎之助も、もやもやしたものが一本の線につながり、霧が晴れていく気がした。

大沢が話を続ける。

「そもそも、大輔が人の首を斬ってみたいと思ったきっかけは、はっきりいってわからぬ。それなりに聡明な男のようだ。なにかのきっかけで、竹刀で撃ちあう道場剣術と、刀で斬りあう実戦では操作が違うのに気づいたのであろうな。

そこで、山田浅右衛門に入門して、牢屋敷の死罪場でおこなわれる首斬りに挑《いど》んだ。

ところが、結果はみじめな失敗だった。

山田どのはけっして失敗と見ていなかったのだが、なまじ免許皆伝の自負があった大輔は呆然とする思いだったろうな。それまでの自信が音を立てて崩れていったであろう。

そして、大輔も気づいたのだ。竹刀の撃つ動作と、刀の斬る動作は違う。その違いを克服《こくふく》するには、経験を積むしかない、となる」

「それで、辻斬りをはじめたわけですか」

虎之助が言った。

大沢がうなずく。

「そう考えて間違いあるまい。大輔が辻斬りに選んだ相手がどうだったかを見ていくと、その心の動きが手に取るように見えてくるぞ。まず、犬を斬った。餌《えさ》を用意しておいて呼び寄せ、犬が夢中になって食っているところをバッサリやったのだろうな」

「むごいことをしやがるぜ」

猪之吉が顔をしかめた。

犬好きのようだ。猪之吉にしてみれば、人が殺されたより、犬が殺されたほうが許せない気分なのに違いない。

「犬で試してから人間に取りかかったのだが、やはり大輔は怖かったのだろうな。最初の犠牲者は盲人の按摩だった。しかも、後ろから斬りつけた。

騒がれないよう、逃げられないよう、反撃されないよう、もっとも都合のよい相手を選んだわけだ。それでも、胸はドキドキ、冷や汗たらたらだったと思うがな。

見事、按摩を斬り伏せた。成功はしたものの、やはり慙愧《ざんき》の念が起こったのであろう。弔慰を込め、財布から二分金を取りだすと、懐紙に包み、死体の上にのせた。立ち去る前に、死体に手を合わせたかもしれぬぞ」

大沢が大輔に理解を示した。

作蔵が憤然とする。

「旦那、目の見えない人間を後ろから斬りつけるなんぞ、侍の風上《かざかみ》にも置けませんぜ。それに、金二分の弔慰金を置いて帳消しにしてくれというのは、虫がよすぎますよ」

「弔慰金を出したからといって、罪が帳消しになるわけではないのは当然だがな。

ここは、大輔の心理を追っていきたい。まあ、聞いてくれ。

その後、狙う相手は徐々に難度が高くなっていった。つまり、大輔の技量が向上し、度胸もついていった証《あかし》だろうな。そして、犠牲は四人に達した。

四人目は盲目の按摩で、正面から袈裟懸けに斬られた。また、これが作蔵が尾行をするきっかけとなったわけだな」

それまで黙って聞いていた虎之助が口を開いた。

「四人が殺されたわけですが、その後、あらたな辻斬りは起きていないようです。大輔どのはもう辻斬りをやめたのでしょうか。それとも、探索の手が迫っているのを察して、動きをひそめているのでしょうか」

「作蔵や拙者が本郷家を探ったからな。大輔が敏感に察知し、慎重になったことも、充分に考えられる。

だが、拙者は、大輔は月待ちをしているだけだと見ている」

「月待ちと言いますと」

「四人目を斬ったあと、月が細くなり、新月となった。そして、これから徐々に月が満ちていく。拙者はかならず大輔は動きだすと見ている。しかも、これまでとは異なる相手を狙うだろうな。

これまでの四人は、ひとりの丁稚をのぞいて、みな盲人だった。大輔は自信をつけると同時に、物足りなくなっているはず」

「では、次の獲物は、目の見える、しかも屈強な男」

虎之助は胸の鼓動が早まるのを覚えた。

大沢が厳しい表情で言った。

「うむ。そなたに、囮《おとり》になってもらうぞ」

作蔵、猪之吉、そしてお谷は黙然としている。

第二章　内藤新宿

一

甲州街道の最初の宿場である内藤新宿は、四ツ谷大木戸から追分《おいわけ》まで、およそ九町（一キロ弱）に渡って、宿場業務をする役所、旅籠屋《はたごや》、茶屋、料理屋、商家などが軒《のき》を連《つら》ねている。

追分からは、青梅街道が分岐していた。

内藤新宿の旅籠屋は幕府の道中奉行から、飯盛女《めしもりおんな》と呼ばれる遊女を、全体で百五十人まで置くことを認められていた。そのため、飯盛女を置いた旅籠屋は事実上の女郎屋でもあった。

なんといっても江戸市中から近いし、吉原にくらべると格段に安い。

しかも女郎屋は、手軽な四六見世《しろくみせ》（夜は四百文、昼間は六百文）から、揚代《あげだい》が銀二朱の高級店まで多様だった。

そのため、遊里としての内藤新宿の人気は高く、庶民はもとより、多くの下級武士が遊びにやってきた。

甲州街道の両側に二十四軒以上の女郎屋が店を構え、遊女の総数は道中奉行の規定をはるかに越えているのは、いわば公然の秘密だった。

なかでも豊倉屋《とよくらや》は表間口十二間（約二十二メートル）、奥行二十間（約三十六メートル）という威容を誇る、内藤新宿では筆頭の旅籠屋・女郎屋である。その規模の大きさでは、吉原の妓楼に引けを取るまい――。


「――と、まあ、そんなところだな」

原牧之進が内藤新宿の概要を説明した。

篠田虎之助と原は稽古を早めに切りあげ、吉村道場からほど近い杉森稲荷社《すぎのもりいなりしゃ》にやってきた。そして、境内で話をしていたのだ。

「うむ、内藤新宿のことはよくわかったぞ」

虎之助が先をうながした。

境内にざっと目を配ったあと、原がふたたび話しだす。

「女郎屋の八木田屋に、和泉という遊女がいる。八木田屋のお職だ。斎藤弘左衛門《さいとうこうざえもん》という旗本がこの和泉に執心し、身請けしようとしたが、金額で折りあわなかった。吉原の花魁《おいらん》ほどではないが、内藤新宿でも、お職を張るような遊女を身請けするとなれば、女郎屋も強気だからな」

「斎藤弘左衛門どのは、身請けを断念したわけか」

「断念せざるをえなかったわけだが、よほど悔しかったのだろうな。おそらく斎藤どのは、

『女郎屋の楼主風情《ふぜい》が、天下の旗本を虚仮《こけ》にしやがって』

と、怒りと恨みをつのらせたと思われる。

やや見当違いだがな。

八木田屋の主人は利助《りすけ》といい、お君という娘がいる。利助どのは男の子がいないので、来年あたり、お君に婿をもらい、八木田屋を継がせるつもりだったようだ。

ところが、女郎屋育ちで早熟なせいもあるのか、このお君がとんでもない淫乱娘でな。男を次々と手玉に取っていたのだが、どこでどう知りあったのか、大橋《おおはし》吉十郎《きちじゅうろう》という若い武士と深い仲になった。

吉十郎がお君を屋敷内の物置に引きこみ、重なりあい、くんずほぐれつしているところを人に見られ、騒ぎになった」

しゃべりながら、原が笑った。

虎之助は、

「なんと、物置か」

と言いながら、物置で情交する男女を描いた春画を思いだした。

春画では、男女はじつにいろんな場所で交合している。なかには、突拍子《とっぴょうし》もない場所もある。これは絵師の作為もあるが、場所に苦労している男女が多いという実情の反映でもあった。

男女の密会の場としては出合茶屋《であいぢゃや》があるが、金がかかる。大橋吉十郎は金がないため、物置にお君を引きこんだのだろうか。

それにしても、女郎屋の娘を、武家屋敷内の物置に引きこんだのである。吉十郎にすれば苦肉の策だったであろうが、お君にすれば新鮮な冒険だったのかもしれない。

「まあ、普通であれば、吉十郎とお君が赤っ恥を掻いて終わりであろう。だが、そうは問屋が卸《おろ》さなかった。そこは、斎藤弘左衛門の屋敷だったのだ」

原がニヤリとする。

虎之助は驚いて言った。

「ほう、すると大橋吉十郎は、斎藤弘左衛門どのの家臣だったのか」

「吉十郎は、斎藤家の用人の倅だったのだ。

この件は、主人である斎藤弘左衛門どのの耳にも入った。

斎藤どのは屋敷内の醜聞を知り、激怒するどころか、『しめた』と、ほくそ笑んだろうな」

「ほう、なぜだ」

「この事件を利用すれば八木田屋に一矢《いっし》を報《むく》い、恨みを晴らせると考えたのだ。それどころか、うまくいけば、ただで和泉を手に入れることができるかもしれないからな。

そこで、お君を屋敷内に幽閉した。そして、八木田屋に使いを派遣し、こう述べた。

八木田屋利助の娘のお君は、不埒《ふらち》にも旗本の屋敷内で不義密通をおこなった。

武家屋敷にはあるまじき、ふしだらである。お君と相手の男は屋敷内で手討《てうち》にする。お君の死骸を引き取りにまいれ。
驚き、あわてたのが利助どのだ。八木田屋の弁《べん》の立つ若い者を斎藤家の屋敷に派遣し、交渉させた。金で解決しようとしたのだ。
だが、斎藤家の姿勢は強硬だった。すったもんだのあげく、斎藤弘左衛門どのはこういう解決策を示した。つまり、
和泉とお君の身柄を交換するなら、応じてもよい。

というわけだ」

「う～ん、姦計《かんけい》だな。斎藤弘左衛門どのは悪知恵が働くといおうか、狡猾《こうかつ》といおうか」

「利助どのは窮地に陥《おちい》った。娘が武家屋敷内で不義密通を働いたとなれば、まさか町奉行所や宿場の役人に訴えるわけにもいかぬからな。

そこで、進退窮まった利助どのが、俺の姉に相談したわけだ。その前に、姉のことをきちんと説明しなければならぬな」

原がようやく、自分の姉の説明をするようだ。

虎之助もおおいに興味があった。

「俺の姉は、名は万《まん》という。亭主の木下兵庫《きのしたひょうご》は四ツ谷で、天神真楊流《てんしんしんようりゅう》の柔術道場を開いている。

じつは姉も柔術を修めていてな。そんな関係で、ふたりは夫婦になったのだが、そのあたりのいきさつは、話さなくてもよかろう。

つまり、木下兵庫・万の夫婦は内藤新宿の女郎屋に出向き、柔術を教えていたのだ」

「ほう、それはたいしたものだ。しかし、女郎屋で柔術を教授するなど、ピンとこぬが」

「宿場の女郎屋だけに、たちの悪い客も少なくない。酒に酔って乱暴し、遊女や若い者に怪我をさせる者もいるようだ。

そもそものきっかけは拙者も知らぬのだが、内藤新宿の女郎屋のあいだで、

『奉公人一同も柔術を習って、身を守るようにしよう』

という話が持ちあがった。

そして、木下兵庫・万の夫婦に白羽の矢が立った。内藤新宿の女郎屋に出張し

て柔術を教えるよう、依頼されたのだ。

夫の兵庫が若い者に、妻のお万が遊女に、身を守る技を伝授するというわけだな。有名な豊倉屋でも教えているそうだぞ」

「ほほう、それでわかった。夫婦は八木田屋に出入りしていたわけか」

「さよう。本来であれば木下兵庫・万の夫婦で対処するところだ。また、対処できたと思う。

だが、間の悪いことに、いま義兄の兵庫は体調を崩し、枕があがらない状態でな。ちと、心配なのだが、それはさておき。

亭主が動けない状態のなか、切羽詰まった姉が、弟の俺に力を貸してほしいと言ってきたわけだ。

俺は事情を聞いて、とてもひとりでは無理だと思った。そこで急遽《きゅうきょ》、貴公に助けを求めたのだ。

そういうことだ」

「なるほど、それで、ようやくわかったぞ。

ところで、肝心の斎藤弘左衛門どのは、どういう人物なのか」

「斎藤家はかつて評定所留役や勘定組頭だったこともあるようだが、弘左衛門どのの代になってからは小普請組だ。つまり、仕事はなにもない。

評判はよろしくないな。商家から借金をしては、難癖をつけて踏み倒し、泣き寝入りをしている商人は多いという。

屋敷は、内藤新宿の北側の武家地にある。敷地内に長屋を建て、貸家にしている。内藤新宿で強請《ゆす》り、たかりをしている連中が住んでいるようだ。連中からすれば、旗本屋敷内に住んでいれば役人も手を出せないからな。

いわば借家人の連中も、弘左衛門どのの配下と見てよかろうな。

俺が知らされているのは、そのくらいだ。姉に尋ねれば、もっとくわしいことはわかろう」

「そうか。では、どうやってお君どのを奪還するつもりか」

「俺と姉で考えた作戦がある。貴公の意見も聞きたい。これから一緒に、四ツ谷の木下道場に行ってくれぬか。姉のところだ」

「うむ、よかろう」

「実行は、明日の予定だ」

「え、明日。あまりに急だな」

「お君は幽閉されている。一日も早く救出せねばならぬ」

「それはそうだな」

虎之助は武者震いが起きた。

二

次々と、桶《おけ》を背に乗せた馬とすれ違う。馬を引いているのは、手ぬぐいで頬被《ほおかぶ》りをした農民のようである。

「さすがに馬が多いな」

篠田虎之助は「馬糞のなかに菖蒲咲く」を思いだしながら言った。

原牧之進が歩きながら説明する。

「あれはみな、肥汲《こえく》みの百姓だ」

「肥汲みというと、雪隠《せっちん》の汲み取りか」

「そうだ。江戸の西のほうの農村から甲州街道や青梅街道を、ああやって馬を引いてやってきて、これから武家屋敷や商家、長屋などをまわり、雪隠に溜まった糞尿を汲み取る。馬の背に乗せた桶が糞尿でいっぱいになれば、帰っていく。

夜明けごろから、空の桶を背にした馬が内藤新宿に続々とやってくる。昼過ぎからは、糞尿でタプタプする桶を背にした馬が次々に、内藤新宿から出ていくというわけだ。

早朝なので、空の桶を背にした馬とすれ違う。おかげで、臭いはさほど気にならぬな」

「なるほど」

甲州街道を歩くふたりはともに、神道夢想流杖術の杖を手にしていた。

四ツ谷大木戸は両側に石垣が築かれている。ふたりはその石垣を通り抜けた。

街道の両側に宿場の家並みが続いている。

「あそこが豊倉屋だ」

原が街道左手の、大きな建物を指さした。

豊倉屋の横に、奥に入っていく細い路地があった。

ふたりは路地伝いに裏手に出た。見渡すかぎり、高遠《たかとお》（長野県伊那市）藩内藤《ないとう》家の広大な下屋敷が広がっている。

裏手の細い道をしばらく歩くと、八木田屋の裏口があった。

街道に面した表の造りが豪華なのに対し、裏口は簡素な腰高障子である。

原が声をかけながら腰高障子を開けると、四十歳前後の若い者がいた。

「お待ちしておりやした」

「おう、蓑助《みのすけ》どの。姉はもう、来ておるか」

「へい、お師匠さんは二階でお待ちです」

「うむ、そうか」

原が虎之助を蓑助に紹介した。

初老の年齢にもかかわらず、蓑助はあくまで若い者である。

蓑助が先に立ち、せまく急勾配の階段をのぼり、二階の座敷に案内した。

座敷には数名の男女がいたが、虎之助は原の姉のお万とは昨日、顔を合わせていた。

昨日、木下道場で面会したとき、お万は地味な小袖姿だったが、今日は稽古着と袴のいでたちである。いかにも凛々《りり》しい女武芸者だった。

「八木田屋の主《あるじ》の利助でございます」

羽織を着た、色白で鼻の高い男が挨拶をした。

年齢は四十前くらいであろうか。

続いて、藤色の縮緬《ちりめん》の小袖に黒繻子《くろじゆす》の帯を締めた、十八、九歳くらいの女が頭をさげた。

「和泉でございます」

なんとも艶《つや》のある声だった。八木田屋のお職の和泉である。

やはり虎之助は、まじまじと見てしまう。客を迎える準備の前で、丁寧な化粧もしていないに違いないが、それでもハッとするような美貌だった。

お万が、到着したばかりのふたりに言った。

「早く着替えなさい。

蓑助どの、頼みますよ」

「へい、古着屋で見つくろってまいりやした」

蓑助が縞木綿の着物を差しだす。

虎之助と原は座敷の隅で、用意された着物に着替えた。さらに、裾をたくしあげて帯にはさんだ。ふんどしのふくらみが丸見えの尻《しり》っ端折《ぱしょ》りである。

ふたりの着替えを横目で見ながら、利助が心配そうに言った。

「本当に駕籠をかつげますか」

「ご心配なく。ふたりで稽古をしたことがあるのです。そのあと、ちゃんと人を乗せて運びましたぞ。

それより、駕籠の用意はできているのですか」

原が反問した。

利助が答える。

「近所の駕籠屋に頼みました。蓑助がご案内しますので」

お万が厳しい視線で、弟を見据えた。

「裏道伝いに駕籠屋に行きなさい。そして、駕籠をかついで店を出ると、甲州街道を歩いて、八木田屋の入口に駕籠をおろしなさい。

今日、お君どのと和泉どのの交換が決まり、斎藤弘左衛門どのは配下に命じて八木田屋を見張らせているはずです。けっして不審をいだかれるような、軽率な言動をしてはなりませぬぞ」

「はい、心得ております」

原が神妙に答える。

虎之助は原が姉に頭があがらない様子を見て、笑いをこらえた。

お万がさらに言う。

「あたしのこの野暮《やぼ》な格好は、すぐにばれます。上から羽織って隠せる、打掛《うちかけ》が欲しいのですが」

「はい、お師匠さん、あたしの物でよければ、お使いください」

和泉が、天鵞絨《ぴろーど》で裾模様をした豪華な打掛を差しだした。

八木田屋のお職の地位を象徴するものであろう。

打掛は着物の上から羽織るもので、帯で締めることはない。そのため、すばやく脱ぎ捨てることもできる。

虎之助は昨日の打ちあわせどおり、着々と進んでいるのを感じた。

「では、駕籠かきの稼ぎに行ってまいります」

原がおどけて言った。

お万はにこりともしない。

「そんな軽口は不要です」

＊

虎之助と原、そして蓑助は階段をおり、裏口から八木田屋を抜け出た。

あとは、蓑助の案内で、裏通り伝いに駕籠屋に向かう。

やはり裏口から中に入った。

一階は広い土間になっていた。壁際には棚がもうけられていて、四手駕籠《よつでかご》や、高級な駕籠である乗物などが収められている。

蓑助が駕籠屋の番頭らしき男に言った。

「お願いしておりましたものは、用意してございますか」

「へい、用意しておりますよ」

番頭が土間に置かれた一丁のあんぽつ駕籠を示した。四手駕籠より上等で、左右に畳表の垂れがあった。

和泉は八木田屋のお職であり、やはり格式がある。辻駕籠にも用いられる安直な四手駕籠はふさわしくないというのは、蓑助の判断だろうか。

番頭が言った。

「息杖《いきづえ》はどうしますか」

「これを用います」

原が、手にした杖術の杖を示した。

息杖よりは長いが、見た目にさほど不自然さはない。

虎之助と原は手ぬぐいで頰被りをした。

「では、行きますぞ」

蓑助がうながす。

原が横棒の前部を肩にかけながら、虎之助に言った。

「俺はいちおう屋敷を下見に行ったから、道順は知っているが、蓑助どのに同行してもらう」

「うむ」

虎之助がうなずき、横棒の後部を肩にかける。

駕籠を持ちあげながら、ちょっと腰がふらついた。

(空の駕籠だぞ。これで人を乗せたら……)

虎之助はふと不安を覚えた。

土間から出ると、甲州街道である。

「へい」

「ほう」

呼吸を合わせながら歩く。

歩いているうち、すぐに虎之助は勘を取り戻した。おそらく、原も最初はふらついたであろうが、いまは腰がすわっている。

混みあった街道をしばらく進むと、八木田屋である。

「お迎えです」

蓑助が店の奥に向かって声を張りあげた。

虎之助と原は暖簾《のれん》をくぐって、広い土間に駕籠をおろした。

御高祖頭巾をかぶり、あざやかな打掛をまとったお万が現れた。遊女や若い者が取り巻くようにしている。一見すると、みな、名残《なごり》を惜しんで見送りに出てきたかのようである。

だが、偵察しているであろう斎藤弘左衛門の配下の目に、できるだけ姿をあきらかにしないためだった。

駕籠に乗るのは和泉と見せかけておかねばならない。

お万がすみやかに駕籠に乗りこんだ。

「棒組、いくぜ」

「あいよ」

原と虎之助が息を合わせ、駕籠を持ちあげた。

「では、出発しますぞ」

先導する蓑助は道中差《どうちゅうざし》を腰に差し、六尺棒を手にしていた。

三

八木田屋を出た駕籠は甲州街道を横切り、米屋と古着屋のあいだの細い道に入った。

奥に進み、街道沿いの家並みを抜けると、武家地になる。微禄の旗本や御家人など、幕臣の屋敷がびっしりと建ち並んでいたが、宿場の喧騒《けんそう》が嘘のように一帯は静かだった。

ときどき、天秤棒《てんびんぼう》で荷をかついだ行商人が呼び声をあげながら行き過ぎる。荷物をかついだり、抱えたりした男女が歩いていたが、いかにも武家屋敷の奉公人と思われた。

「ここです」

蓑助が示した屋敷は黒板塀で囲まれ、門は冠木門《かぶきもん》だった。敷地は千坪以上ありそうである。

駕籠をかついだ篠田虎之助と原牧之進は、すでに汗まみれだった。手の甲で、額の汗をぬぐう。

蓑助が声をかけた。

「お願い申します。八木田屋からまいりました」

声に応じて、中間《ちゅうげん》が門を開けた。

中間のそばに、袴を穿《は》いた若い武士がいる。

門から出てきた武士は腰をかがめ、垂れの隙間から駕籠の中をのぞいた。さすがに、垂れを引きあげるのは遠慮したようだ。

乗っているのが女なのを確認して安心したのか、

「お通りくだされ」

と、門内に入るのを認めた。

式台付きの玄関まで、飛石が敷かれている。虎之助と原は玄関まで駕籠を運んだ。

虎之助はすばやく左右に視線を走らせたが、とくにあちこち人を忍ばせている様子はなかった。ただし、屋敷内の配置や、家屋内の様子などはまったくわからない。

玄関に駕籠をおろし、虎之助と原はフーッと大きく息を吐いた。

奥から、羽織袴で、腰に脇差《わきざし》を差した男が現れた。年齢は三十代のなかばくらいであろうか。小太りで、顎《あご》のがっしりした顔だった。斎藤弘左衛門のようだ。

そばに、若い武士が控えている。

斎藤が居丈高《いたけだか》に言った。

「和泉を連れてまいったか。早く駕籠から出せ」

「お君さまはどこですか」

「そんなことより、さっさと和泉を渡せ」

斎藤が怒鳴る。

蓑助は一歩も引かない。

「まず、お君さまの元気な姿を見せてください。

和泉さんとお君さまとの交換のはず。お君さまの無事な姿を見るまでは、和泉さんをお渡しすることはできません」

そばで聞きながら、虎之助は蓑助の度胸に感心した。

女郎屋の若い者が臆することなく、旗本と堂々と渡りあっているのだ。

交渉役に八木田屋の主人が蓑助を指名し、またお万が駕籠の付き添いに蓑助を指名したのがわかる気がした。

「きさま、誰に向かって言っているか、わかっておるのか」

「へい、わかっておりやすよ。お旗本の斎藤弘左衛門さま。しかし、女郎屋の奉公人からすれば、男の値打ちは世間でいう身分とは、ちょいと違っておりやしてね。女郎屋の男も女も、それなりに客の男を見ていやす。お武家にも性根の腐った人間がいるいっぽう、百姓衆にもあっしらが惚れ惚れするような気《き》っ風《ぷ》のよい男がいやすぜ」

「もう、よい。黙れ。きさまのこざかしい講釈など聞きたくはない。女郎屋の若い者風情が天下の旗本に講釈するなど、片腹痛いわ。おい、お君を連れてこい」

斎藤が苛立ち、背後に向かって命じた。

(よし、うまくいったぞ)

虎之助は内心で喝采した。

これこそ、今回の作戦の要《かなめ》だった。とにかく、人質になっているお君の無事を確認するのが第一なのだ。無事を確認したあと、次の段階となる。

奥から、中年の武士がお君の腕を取り、玄関に出てきた。お君の髪は乱れ、美しい顔立ちには疲労が目立つ。

「お君さん、無事でしたか」

蓑助が声をかける。

お君の目にたちまち涙があふれ、

「蓑助……」

と、駆け寄ろうとした。

だが、そばの武士が抱きとめ、放さない。

虎之助はお君の姿を見てホッとすると同時に、闘志が燃えあがってくる。

（さあ、これからだ）

全神経を張り詰め、各人との間合いを測る。原も同様、間合いを目測しているはずだった。

「さあ、こちらはお君を見せたぞ。早く和泉を駕籠から出せ」

斎藤が険悪な顔で急《せ》かした。

蓑助が駕籠の中に声をかける。

「和泉さん、出てきなせえ」

呼びかけに応じて、やおら垂れを押しあげ、お万が出てきた。

御高祖頭巾をかぶり、打掛で全身を覆《おお》っている。

瞬時の戸惑いのあと、斎藤が、

「え、誰だ。和泉ではないな」

と、怒りを滲《にじ》ませて詰問した。

お万がはらりと打掛を脱ぎ棄てる。

それを合図に、原がぐっと踏みこむや、お君をとらえている武士の右肩を杖で突いた。刀を抜けなくするためである。

武士がウッと背中を丸めるところ、原が杖を袴のあいだに差しこみ、ぐいとねじる。

ドーンと板敷が響いた。

あっけなく転倒した武士は後頭部を打ったのか、仰向けになったまま身動きしない。

すぐに蓑助が駆け寄り、お君を抱きしめた。

いっぽう、弟の杖の動きに呼応するかのように、お万が隠し武器の「手之内《てのうち》」を袖から取りだす。

斎藤は事態の急変を見て、右手で柄《つか》を握り、

「くそう、下郎らが、たばかったな」

と、憤怒にうなりながら、脇差を抜こうとしていた。

お万が手之内を投げた。

手之内は、峰榛《みねばり》という硬くて重い木から作った長さ五寸三分（約十六センチ）、直径七分（約二センチ）の棒が本体である。本体の中ほどに穴があけてあり、ここに長さ六尺（約百八十センチ）の手抜き紐《ひも》を通していた。

いわば柔術の裏技であり、手之内の本体を用いた当身《あてみ》や、手抜き紐を使用した捕縛術がある。さらに、手抜き紐を鎖、本体を分銅と考えれば、鎖鎌の応用でもあった。

手之内の本体が、ピシリと斎藤の額に命中した。

「わっ」

斎藤が叫び、思わず左手を額にあてる。

手のひらが血で濡れた。

お万は手抜き紐を引いてすばやく本体を引き戻し、右手に握《にぎ》りしめながらツツと間合いを詰める。すれ違いざま、本体の端《はし》で斎藤の右肘を撃った。

「ううウッ」

斎藤が苦悶《くもん》のうめき声を発した。

右手が痺《しび》れて、しばらくは刀を抜けないであろう。

背後にまわりこんだお万が、手抜き紐をさっと斎藤の首にかけ、頸動脈を締めつける。

斎藤が目をむき、左手で懸命に首の紐をゆるめようとするところ、お万が右の足裏で相手の左膝の背後に蹴りを入れておいて、手抜き紐をグイと引いた。

あっけなく斎藤は背中から転倒した。

板敷で後頭部を打ち、なかば失神している。顔面は額からの流血で真っ赤に染まっていた。

奥から飛びだしてきた若い武士が、背後からお万に斬りつけようとした。そこを、原が、

「姉上、後ろ」

と言いながら、杖を伸ばして腹部を突いた。

腹部を突かれた武士が、

「うっ」

と、うめき、背中を丸めたところを、お万がすばやく絡みつくようにして、右

肘の関節を決めた。

武士が激痛で刀を落としたところを、お万が関節を決めたまますっと体《たい》を低くする。武士は引きこまれるように回転し、背中から板敷に落ちた。

いっぽう、虎之助はまず、門のところにいた若侍に対処した。

変事を知って、腰の大刀を抜こうとしている。

玄関の中なので、虎之助は突きを主体とした。杖で下腹部を突き、さらに右の脇腹を突いた。

若侍は刀を半分くらい抜きかけたまま、がっくりと膝からくずおれた。

あわただしい足音が近づいてきた。

敷地内の長屋に住む、ならず者のようだ。

虎之助は玄関から外に出た。これで、思いきり杖を振りまわせる。

全部で三人で、みな、すでに刀を抜き放っていた。

虎之助は先頭の男の顔面に向け、牽制の突きを入れた。反射的に男は首を後ろに傾け、刀を中段に構える。すかさず、虎之助は杖を大きく頭上で回転させ、その勢いを込めて刀の峰を撃った。

刀身が中ほどからぽきりと折れた。

あっけなく折れた刀を見て愕然としている男の鳩尾《みぞおち》を、思いきり突く。男は低くうめき、折れた刀を持ったまま前方に突っ伏した。

ひとりがまわりこみ、横から斬りこもうとしていた。

虎之助は杖で男の左膝を撃った。変幻自在の杖の軌道に対応できず、膝を撃たれた男はガクッとつんのめりそうになる。そこを、杖で左から顔面を撃つ。

男は吹っ飛ぶように地面に転倒した。

残るひとりが斬りこんできたが、焦っていたためか、間合いが遠い。刀は虎之助の身体に届かず、空を斬っていた。

虎之助が杖を構えると、男は身体をひるがえして走って逃げようとする。虎之助が杖で、背後から男の肩口を突いた。男は勢いよく前方に突っ伏し、顔面から地面に衝突して、

「うえっ」

と、吐き気をもよおしたようなうめき声を発する。

地面の泥が口の中に入ったのであろう。おそらく、鼻血を流しているに違いない。

虎之助が、

「フーッ」

と息を吐きながら、あたりを見まわそうとしたとき、背後から斬りこんできた。

男は真剣を振るうのは初めてなのであろう。また、相手に気づかれないうちに早く斬ろうという焦りもある。

まだ間合いを詰めないうちに刀を振りおろした。

そのため、剣先が背中にかろうじて届いたが、着物を切り裂いただけだった。

それでも、虎之助は一瞬、ヒヤッとした。

（まだ、後ろにいたか）

虎之助は振り返りざま、回転の勢いをこめて杖を振るう。

男は顔面を横から杖で撃たれ、頬から血を噴きながら、吹き飛ぶように地面に転倒した。

（危ないところだったな）

やはり、背後から襲われるのは怖い。

虎之助はジワリと、冷や汗が染み出るのを感じた。

呼吸をととのえながら、あたりを見まわす。

もう、とくに新手《あらて》はなさそうだった。

虎之助が玄関の中に入ると、お万と原が仁王立ちになって周囲を警戒していた。

「外は片付いたぞ」

「うむ、こっちも、ほかに人が出てくる気配はない」

「では、すみやかに撤退しますぞ」

お万が言った。

すでに手之内は袖の中におさめている。

仰向けに倒れたままの斎藤は、まだ意識が朦朧《もうろう》としているようだった。

そばに、中年の武士が倒れていたが、やはりまだ意識は戻っていないようだ。

さきほど虎之助が倒した若い武士も玄関の片隅にうずくまって、苦しそうにうめいている。

虎之助はふと、お君の相手だった男はどこにいるのだろうかと思った。もしかしたら、自分が打ちのめしたのかもしれない。

だが、確かめようにも、お君の姿はない。

蓑助が言った。

「お君さまはもう、駕籠の中にいますので。お願いします」

「あいよ、虎さん、行こうか」

原が威勢よく言う。

虎之助も応じる。

「あいよ、牧さん」

ふたりが駕籠を持ちあげた。

お万と蓑助がそばを歩くことになる。

門のそばに、中間が凍りついたように立ち尽くしていた。

お万、虎之助、原を見る目に恐怖がある。

蓑助が言った。

「おめえさん、あたしらが出たあと、門は閉じておいたほうがよいぜ。屋敷内のあちこちに人が倒れているのを見られると、騒ぎになりかねないぜ」

「へ、へい。かしこまりました」

中間が強張《こわば》った顔でうなずく。

虎之助は駕籠をかついで門を出ながら、周囲に警戒を怠《おこた》らなかったが、とくに追っ手はなさそうだった。

背後から、門が軋《きし》む音がする。

中間があわてて門を閉じているようだ。

駕籠をかついで歩きながら、虎之助がまわりに通行人がいないのを確認したあと言った。

「このあと、斎藤弘左衛門どのはどうするでしょうか」

「なにもしないでしょうね」

お万があっさりと言う。

「どういうことでしょうか」

「旗本が町娘をさらって屋敷内に監禁していたが、親元が派遣した手勢に襲われて奪還されたなど、みっともなくって、表沙汰《おもてざた》にできるはずがありません。地団《じだん》太踏《だ》みながらも、口をつぐみ、何事もなかったような顔をしているでしょうね。もう、外を出歩くこともできないのではないでしょうか」

横から、蓑助が言う。

「斎藤さまがおとなしくなるのはもちろんですが、配下のタチの悪い連中もしばらくは動けないでしょうな。おかげで、内藤新宿も厄介事が減りますぞ」

さらに、蓑助がお万に言った。

「師匠、あたしは、ひと足先に八木田屋に戻ってよろしいでしょうか。一刻も早く旦那さまにお知らせしたいですから」

「かまいませんよ。そうしたほうがよいでしょう。あとは、心配はいりません」

「はい、では」

蓑助が走りだす。

虎之助がお万に言った。

じつは、聞きたくてうずうずしていたのだ。なまじ、横目でちらと見ただけだったので、なおさら好奇心がつのる。

「さきほど用いた武器はなんですか」

「ああ、これですか」

お万が虎之助の横を歩きながら、袖の中から手之内を取りだして見せる。

弟の友人ということもあるのか、お万は気さくだった。

「隠し武器です。見せてしまっては、もう隠し武器ではありませんけどね。

あくまで、柔術の技を補うものです。ですから、手之内だけを習おうとしても無理ですね。やはり、柔術の稽古を積みながら、手之内も学んでいくのです」

「本体は木製なのですか」

「峰榛《みねばり》という木で、できています。峰榛は別名『斧折れ樺《おのおかんば》』とも言われているほどで、木こりが切ろうとしても、斧が折れてしまうほど硬いとか。

では、どうやって木を切ったのか、不思議ですけどね」

お万が悪戯《いたずら》っぽい笑みを浮かべる。

つられて虎之助も笑いながら、ハッと思い至った。先日、お蘭が吉村道場で使用した稽古用の鎖鎌は、分銅は峰榛製だったのかもしれない。

喧騒が聞こえてくる。

甲州街道は近い。

四

八木田屋に着くと、主人の利助夫婦はもとより、和泉をはじめとする遊女、それに奉公人など多くの人間が出迎えたが、歓声をあげる者はない。

みな、深刻な顔をして押し黙っている。

武家屋敷に幽閉されているあいだ、お君がどんな処遇を受けていたか、やはり想像してしまうのであろう。若い娘が監禁されていたとなると、悲惨な状況が目に浮かぶのは致し方がない。

お万が利助に言った。

「ご無事です」

「そうですか、ありがとう存じました」

利助がうなずいたが、顔に喜色はない。やはり、娘の状態が気がかりなのであろう。

原牧之進が駕籠の垂れを引きあげた。

お君が駕籠から出てきた。

「お君」

母親が叫んだ。

ゆっくり立ちあがったものの、お君がよろけて倒れそうになる。とっさに篠田虎之助が手を差しのべて、身体をささえた。

やはり数日間の恐怖と疲労で、お君は心身ともに消耗しきっているようだった。

「おっ母さん……」

お君の目に涙があふれる。

「お君ちゃん、よかった……」

和泉がつぶやいたが、その声は途中から嗚咽《おえつ》に代わる。

つられるように、ほかの遊女もすすり泣いた。

母親がお君を抱きかかえるようにして、奥に連れていく。

利助は女房と娘が奥に入っていくのを見送ったあと、集まっている者たちに言った。

「お君は無事に帰ってきた。さあ、てめえら、仕事に戻れ。客人には、よけいなことをしゃべるんじゃねえぞ」

主人に命じられ、みな、それぞれの持ち場に戻る。

利助が言葉をあらためた。

「とりあえず、さきほどの二階の座敷にどうぞ」

「まず、着替えなくてはなりませぬな」

虎之助、原、お万の三人は土間から板敷にあがると、階段をのぼった。

虎之助と原が駕籠かき人足のいでたちから、武士の格好に戻った。

若い者の蓑助が、虎之助の脱いだ着物を見て言った。

「おや、背中が裂けておりますが」

「うむ、後ろから斬りつけられた。危ういところだったぞ。それにしても、着物を台無しにしてしまったな」

「いえ、気になさることはありません。お針の女に頼んで、繕《つくろ》ってもらいやしょう」

そこに利助が現れた。

「お君に、お三人にきちんとお礼を申し述べるよう言おうと思ったのですが、母親の顔を見たら気がゆるんだのか、寝てしまいましてね。泥のように眠るとは、あのことですな。声をかけても、まったく反応がありませんでね。

そんな状態なものですから、申しわけありません」

「無理もありません。疲労困憊《こんぱい》しているのでしょう」

お万が答えた。

利助が勧める。

「今回のお礼はあらためてさせていただく所存ですが、とりあえず、一献《いっこん》差しあげたいのですが、いかがでしょうか」

「拙者は大名屋敷内に住んでおるものでして。大名屋敷は門限が厳しく、暮六ツ(午後六時頃)には表門が閉じられます。せっかくですが、拙者はすぐに帰りませんと、門限に間に合いませせぬ」

　虎之助は心が動かないわけではなかったが、断らざるをえない。

　原が笑いながら言う。

「では、貴公の分まで俺が呑もう」

「さようですか。じつは、斎藤さまの仕返しが心配なので、篠田さまと原さまには今夜、あたくしどもにお泊まり願おうかと思っておったのですが」

　利助は不安そうである。

　お万が言った。

「ご心配になるのはもっともです。牧之進、そなた、泊まるがよい。ただし、八木田屋の客ではありませんからね。そこを、きちんとわきまえておくように」

　姉に念を押され、

「はい、心得ております」

　と、原が神妙に答える。

　虎之助は原ひとりを残すことにやや気が咎《とが》めたが、やむをえない。

　女中と若い者が酒や料理を運びこむのと入れ違いに、虎之助が席を立つ。

「篠田さま、駕籠を用意しましょう。

蓑助、呼んでくれ」

利助に命じられ、蓑助が駕籠を呼びにいく。

虎之助は一日のうちに、駕籠をかつぐ身分から、駕籠に乗る身分に昇進したかと思うと、おかしくなった。

五

昨日の内藤新宿でさすがに疲れていたのか、篠田虎之助はいつもよりかなり寝過ごしてしまった。

やおら井戸端で顔を洗い、口をすすいだあとは朝食となるが、下屋敷の下女が持参してくれた櫃《ひつ》に入っている炊きたての飯と、沢庵《たくわん》だけである。ほぼ毎日、似たような朝食だが、虎之助はとくに不満はない。

飯を食べ終えるころ、入口の外から声がかかった。

「篠田虎之助さまは、こちらでしょうか」

見ると、着物を尻《しり》っ端《ぱしょ》折りし、法被《はっぴ》を着ている。

武家屋敷の中間のようだ。

「さよう、篠田虎之助だが。

どちらから、まいられたか」

「小日向服部坂《こひなたはっとりざか》の大草安房守の屋敷からまいりました」

大草安房守高好は北町奉行に就任以来、呉服橋門内にある北町奉行所内の役宅に家族とともに住んでいる。小日向服部坂にあるのは、旗本・大草家の屋敷だった。

中間は北町奉行所ではなく、大草家に奉公していることになろうか。

「大草さま……」

問い返しながら、虎之助は中間の背後に人がたたずんでいるのに気づいた。

背後にいた人物が、

「突然、押しかけまして」

と言いながら、姿を見せる。

羽織袴の姿で、腰に両刀を差していた。頭は若衆髷《わかしゅわげ》である。

それにしても、思わず見とれるほどの美少年だった。

まじまじと顔を見つめた。

なんとなく見覚えのある容貌である。

（え、まさか……）

虎之助はハッとすると同時に、困惑した。

「そなたは、お蘭どのか」

「はい、さようです。ただし、この格好のときは、大草蘭之丞《らんのじょう》と名乗っております」

「はあ、蘭之丞ですか」

虎之助はやや間の抜けた返事をした。

お蘭が笑いながら、土間に足を踏み入れてきた。

「女の格好だと、なにかと不便がありましてね。そこで、思いきって男の姿になったのです。

あがって、よろしいですか」

「え、それは、まあ、かまわんですが」

虎之助はどぎまぎした。

殺風景な室内を見られるのは恥ずかしい。だが、それ以上に、お蘭の大胆さにたじたじとなった。

お蘭は十六歳のはずである。

独り身の男の家に、未婚の若い女がひとりであがりこむなど、武士社会ではとうてい考えられないふしだらだった。

（しかし、お蘭ではなく、蘭之丞だからな）

虎之助は思い直した。

それに、考えてみればお蘭はひとりではなく、中間を供に連れているのだ。

お蘭も、自分が男の姿をしていることや、中間を連れていることを踏まえて、堂々と押しかけてきたに違いない。

「どうぞ、おあがりくだされ」

招き入れながら、虎之助はあわてて茶碗や箸《はし》を片付けた。

お蘭はあがるに先だち、供の中間に、

「熊蔵《くまぞう》、入口のあたりにいて、人が来たら合図しておくれよ」

と声をかける。

「へい、かしこまりやした」

熊蔵と呼ばれた中間が返事をした。

年齢は二十歳前後だろうか、胸板の厚い、たくましい身体つきをしていた。

＊

室内にあがってきたお蘭が、向かいあって座った。

「なんのおもてなしも、できぬのだが」

虎之助は恐縮する。

へっついに火を熾《おこ》していないため、出すとすれば水瓶の中の水しかないが、まさか茶碗に水を入れて出すわけにもいかない。文字どおり、なにもなかった。

　お蘭は気にする様子もない。

「いえ、おかまいなく。

ところで、両隣は空き家ですか」

「この長屋は、お上屋敷が火事などに被災したとき、焼けだされた藩士がしばらく住むためのものだそうです。そのため、部屋数はたくさんありますが、誰も住んではおりませぬ。いま、長屋に住んでいるのは拙者ひとりですな」

虎之助は説明しながら、お蘭が盗み聞きされるのを気にしているのだとわかった。

さらに言葉を継ぐ。

「ですから、熊蔵どのとやらが入口で見張っておれば、立ち聞きなどをされる恐れはありませんぞ」

「さようですか。それで安心しました。

先日、私が大名屋敷や大身《たいしん》の旗本屋敷に出向き、奥女中や腰元《こしもと》の方々に薙刀を教授しているのはお話ししましたね」

「はい、うかがいましたぞ」

「そのひとつが、築地《つきじ》門跡脇《もんぜきわき》にある、五千五百石の旗本・福田美作守《ふくだみまさかのかみ》さまのお屋敷です。

腰元の筆頭を『老女《ろうじょ》』といいますが、福田家に瀬水《せみず》という老女がいます。その瀬水さまが力を貸してほしいと、私に相談をもちかけてきたのです」

老女はあくまで称号であり、瀬水は高齢というわけではあるまい。しかし、いくら薙刀の師匠とは言え十六歳のお蘭に、老女の瀬水が相談を持ちかけるのはやや不自然だった。

お蘭が、そんな虎之助の不審を払拭《ふっしょく》する。

「瀬水さまは、私が北町奉行の娘であるのを承知のうえで、お話しになったのだとだと思いますよ」

「ほう、ということは、表立って町奉行所に訴えることはできないが、内々で相談したい、あるいは暗に力を借りたいということでしょうか」

「はい、そのとおりです。これからお話しするのは、瀬水さまに聞かされたことですが、かなりこみ入っているので、名前などを書きながらご説明したいのですが」

「では、文房四宝《ぶんぼうしほう》を用意しますぞ」

虎之助が笑いながら、立ちあがろうとする。

いちおう、筆・紙・硯《すずり》・墨は持っていた。文房四宝と称したものの、粗末な品である。

「いえ、持参しております」

お蘭がふところから矢立《やたて》と紙の束を取りだした。

矢立の筆を執り、紙を前にしながら話しだす。

「そもそも発端は、七年前にさかのぼります。

福田美作守さまと正室・憲子《のりこ》さまのあいだに子どもはありませんでした。

お兼《かね》というごく低い身分の女中が身ごもり、女の子を出産しました。もちろん、胤《たね》は美作守さまです。その数日後、お宮《みや》という腰元が出産しました。やはり胤は美作守さまです。

ほぼ同時期に女中のお兼と腰元のお宮が出産したのですから、美作守さまはほぼ同時期にふたりに手を付けていたことになりましょう」

「なるほど」

虎之助は感情を込めずに相槌《あいづち》を打つ。

かなり醜悪な行為と言えなくもない。

しかし、武家屋敷では主人の意向は絶対だった。奉公人であるお宮とお兼には、美作守の情欲を拒否することはできなかったであろう。

お蘭も極力、感情を表わさないよう努めているようだ。

「武家屋敷ではけっして珍しくはありませんけどね。

お宮が生んだのは男の子でした。お宮はひそかにほくそ笑んだでしょうね。美作守さまと正室のあいだに子どもはいないので、当然、お宮が生んだ子が世子となり、お宮も晴れて側室《そくしつ》となります。

そして、やがて我が子が福田家の家督を継げば、お宮は五千五百石の旗本福田家の当主の生母として、あがめられるわけです。

正室と側室の身分の差はありますが、お宮が実質的に福田家を牛耳《ぎゅうじ》ることになるでしょうね。

しかし、ここでひとつ、思惑の違いが生じました。男の子は生まれてすぐに死んでしまったのです。お宮はさぞ落胆したでしょうね。このままでいけば、身分が下のお兼が側室となり、自分は腰元のままです」

「ふうむ、子どもを生み、その子が家督を継ぐかどうかで、女の将来は大きく変わるわけですな」

「ところが、転んでもただでは起きない、とはお宮のことです。お宮は自分が生んだ赤ん坊と、お兼が生んだ赤ん坊を取り換えたのです。数日の差ですから、見た目にはわかりません。

取り換えには、もちろん金を渡してお兼を納得させたのでしょうがね。

かくして、お宮は女の子を無事出産した。お兼は男の赤ん坊を生んだが、すぐに死んだ――となったわけです。

そして、しばらくしてお兼は産後の肥立ちが悪いのを理由に暇《いとま》を乞い、福田家の屋敷から出ていきました。お宮がそれなりの金を渡し、因果を含めて追いだしたのは言うまでもありません」

「ほう、お宮は奸佞邪智《かんねいじゃち》と言うべきですな」

「七年前、福田家ではこうした謀略がおこなわれたわけですが、もちろん知っているのはごく限られた腰元や女中だけで、当主の美作守さまも知らされておりませんでした。

かくして、美作守さまのお子を産んだとされるお宮は側室となり、お子は芝姫《しばひめ》となりました。

芝姫はただひとりの子ですから、いずれ婿養子を迎え、福田家の家督を継がせるのが、武家では順当な成り行きでしょうね。

美作守さまは着々と、芝姫の婿養子選びを進めていたようです。

ところが、最近になり、正室の憲子さまの逆襲がはじまったのです。

憲子さまの実家の親類から養子を迎えるべきだと主張し、少なからぬ家臣が同調しているのです。いま、福田家はふたつに分かれ、水面下で火花を散らし、争っている状態と言えましょう」

お蘭が重々しく言った。

虎之助は首をかしげる。

「芝姫の母はお宮ですが、本当の生みの親はお兼ですな。どちらにしろ、美作守どのの胤には違いありますまい。芝姫が婿養子を取れば、かろうじて福田家の血統は続きます。

しかし、正室の憲子どのの実家の縁戚から養子を迎えて家督を継がせれば、福田家の血統は完全に絶えるではありませんか」

「普通に考えれば、そのとおりなのです。

しかし、憲子さまの実家も旗本なのですが、林忠英さまの縁戚なのです」

「え、林忠英どのといえば、旗本から大名、つまり貝淵藩の藩主になった方ですか」

虎之助が驚いて言った。

ところが、お蘭のほうがはるかに驚いていた。

「ええ、よくご存じですね」

「つい先日、耳にしたものですから」

つい先日、隠密廻り同心の大沢靭負から聞かされたばかりだった。

辻斬りを繰り返してきた本郷大輔の父の本郷又三郎は、貝淵藩の剣術師範であり、藩主の林忠英の信任を得ている。また、林忠英は大御所家斉の寵臣のひとりであり、家斉の寵愛を背景に旗本から大名に成りあがった。

大御所・家斉――貝淵藩主・林忠英――剣術師範・本郷又三郎――本郷大輔

という関係である。

いっぽう、福田家の正室・憲子の実家は林忠英と縁戚という。つまり、大御所家斉につながるのだ。

大御所・家斉――貝淵藩主・林忠英――福田家正室・憲子の実家――憲子

という関係になろう。

いまや幕臣の昇進や栄転は、大御所家斉との関係の濃淡で決まると言っても過言ではなかった。

「飛ぶ鳥を落とす勢いの林忠英どのと縁戚関係になったほうが、福田家にとって有利という判断ですか」

「そのとおりです。

林家の縁戚から養子を迎えようと画策《かくさく》する面々は、芝姫さま取り換えの秘密を美作守さまに暴露したのです。側室のお宮どのを失脚させ、同時に芝姫さまを貶《おと》めようという作戦だったのでしょうね。

ところが、逆効果でした。

美作守さまは憲子さまへの反発もあったのでしょうが、お兼さまを不憫《ふびん》に感じ、

『お兼を探しだして、芝姫の生母として屋敷に呼び戻せ』

と、家臣に命じたのです。

家臣たちは、

『ははっ、心得ました』

と返事をしたものの、面従腹背《めんじゅうふくはい》です。誰も本気でお兼どのを探そうとはしていません。

みな、奥方の憲子さま、つまりは林忠英さまの威光になびいてしまっているのです」

虎之助は話を聞きながら、美作守をやや見直す気になった。

かつて主人の権威を背景に強引に手籠《てご》めにした女中に、あらためて憐憫《れんびん》の情をいだいたと言おうか。いまさらではあるが、責任を取ろうとしているのかもしれない。

さらに、林忠英の威光に反発する姿勢も小気味いいといえよう。

「美作守さまが四面楚歌《しめんそか》の状態のなか、老女の瀬水さまが私に、お兼どのを探し、連れ戻すことを頼んできたのです。瀬水さまだけは、主君である美作守さまの味方と言えるでしょうね」

ここにいたり、虎之助はようやく、お蘭の来訪の意図がわかった。

要するに、お兼探しを手伝ってほしいということであろう。だが、しょせん旗本・福田家のお家騒動に過ぎないのではなかろうか。

「お奉行には伝えたのですか」

「はい、伝えました。瀬水さまがそれを望んでいるのはあきらかでしたからね。父は、腹心である大沢靱負さまと相談したようです。それを踏まえ、こう言いました。

『福田美作守どのの望みが実現するよう、力を貸してやるがよい。ただし、この件に関して、町奉行所はいっさい関知せぬ。それを承知なら、やってみるがよい。しかし、大沢靱負がひそかに調べ、判明したことがあれば知らせる。町奉行所の役人にできるのはそこまでじゃ』

つまり、私が勝手に動く分はかまわぬということです」

「そうですか」

虎之助は釈然としない気分だった。

奉行の大草安房守高好も大沢靱負も、間接的な形で旗本家のお家騒動に介入しようとしているのではなかろうか。

お蘭が表情をあらためた。

「父は、関宿藩主の久世《くぜ》広周《ひろちか》さまとも相談したようです」

「えっ、殿と」

虎之助は驚きの声を発した。

広周は、旗本・大草高好の次男に生まれた。幼いとき、大名・久世家に養子に行き、関宿藩主となったのである。

つまり、北町奉行・大草安房守高好と関宿藩主・久世広周は実の親子なのだ。

「これは最初にお渡ししたほうがよかったのかもしれませんが、関宿藩の阿部《あべ》邦《くに》之丞《のじょう》さまから手紙をあずかっております」

お蘭が封書を取りだし、渡した。

阿部邦之丞は、藩主・広周の側近である。虎之助も面識があった。

虎之助が封を切って読むと、そこには、

お蘭どのに協力せよ。これは、殿のご意向でもある。

という意味のことが書かれていた。

「ははっ、承知いたしました」

虎之助は手紙を頭上に掲《かか》げた。

同時に、政局に静かに地滑りが進行しているのを感じた気がした。

久世広周は去年、奏者番《そうじゃばん》となり幕閣に地歩を築いた。ゆくゆくは、幕府の老中になると見られている。

いま、大御所・家斉の虎の威を借りた者たちが我が物顔に振る舞っており、林忠英はその典型である。

だが、家斉が存命のあいだは、林忠英には手を出せない。できるのは、いずれ用いる攻撃材料を集めておくこと。そして、少なくとも影響力の拡大は阻止しておきたい、くらいである。

いまは、政局の潮目《しおめ》が変わるのを見守っているのであろう。

潮目が変わるとは、ずばり大御所・家斉の死去に違いない。

「わかりました」

虎之助がうなずく。

お蘭が帰り支度をはじめた。

「では、急にお知らせすることができたら、熊蔵を使いに立てますから」

「承知しました。

ところで、わざわざ深川まで来てもらったので、茶漬けなど馳走しましょう。

とはいえ、ここではありませんぞ。懇意にしている茶漬屋がありますので。熊蔵どのも一緒に食おうではありませぬか」

虎之助はふたりを田中屋に案内するつもりだった。

六

篠田虎之助と原牧之進は、竪川《たてかわ》沿いのまっすぐな道を歩いていた。

竪川は隅田川と中川をつないで、本所の地を東西にまっすぐに流れる掘割である。荷物を満載した荷舟がひっきりなしに行き交っていた。

虎之助と原はともに竹刀に防具をひっかけ、肩にかけてかついでいた。

関宿にいたとき、虎之助は東軍流の道場に通っていたため、剣術の防具も竹刀も所持していたが、屋敷に置いたままで江戸に出てきた。そのため、原に借りたのである。

原は神道夢想流杖術の吉村道場に入門する前は、鏡新明智流《きょうしんめいちりゅう》の道場に通っていたため、自分の竹刀と防具は持っている。さらに、姉お万の夫である木下兵庫が竹刀と防具を持っていたため、虎之助のために借りてきてくれたのだ。木下は柔術のほかに、剣術も修めていた。

「貴公は他流試合はしたことがあるのか」

原が歩きながら言った。

虎之助が苦笑する。

「関宿には東軍流の剣術道場があるだけでな。俺はそこに通っていた。他流試合などできるはずがない。

江戸には剣術道場はたくさん、あるからな。貴公は他流試合はしたことがあるだろう」

「うむ、俺は鏡新明智流の士学館《しがくかん》に通っていた。士学館の仲間と連れだち、何度か他流試合に行った。

北辰一刀流《ほくしんいっとうりゅう》の玄武館《げんぶかん》にも行ったことがある。ただし、千葉周作《ちばしゅうさく》先生とお手合わせ願うことはできなかったがな」

「そうか、では慣れておるな。他流試合を申しこむときの口上などは、貴公に任せるぞ」

「心得た」

原が笑う。

虎之助は辻斬りを繰り返してきた本郷大輔を取り押さえるに先立ち、まず道場で立ち合ってみたかった。そこで考えたのが他流試合だった。

かつて各流派や道場は閉鎖的で、他流派の者を受け入れなかった。だが近年、ほとんどの道場が、他流派の者を「他流試合」として受け入れるようになっていた。虎之助はそれを利用しようと考えたのだ。

もちろん、隠密廻り同心の大沢靭負の許可は得ていた。そのうえで、原に同行を頼んだのだ。

「よかろう。貴公の竹刀と防具もどうにかする。俺に任せてくれ」

原は虎之助の頼みを聞くや、即答したものだった。

「そろそろだと思うがな」

虎之助が言った。

「よし、人に聞いてみよう」

原が、歩いてくる商家の番頭らしき男に声をかけた。大きな風呂敷包を首からからげた丁稚が供をしている。

「卒爾《そつじ》ながら、ちとお尋ねしたい。近くに本郷道場という、『やっとう』の道場はないか」

「へいへい、存じております。無外真伝流の道場でございますね」

「ほう、そなた、やっとうにくわしいではないか」

「いえね、あたくしどもの若旦那が稽古に通っておりましてね。そんなわけで、自然と耳に入ってくるものですから」

「そうであったか。では、本郷道場の評判はどうじゃ。なにか耳にしておるか」

こういうとき、原は愛嬌のある笑顔になる。

相手の心を開かせるといおうか。

番頭も原の気さくさに心を許したのか、つい口が軽くなる。

「若先生は名人という評判でございますよ。

道場主は本郷又三郎さまですが、ご子息は大輔さまとおっしゃいます。最近では、もっぱら若先生の大輔さまが指導をなされていると聞いております。

お侍さまがたは武者修行でございますか」

「うむ、本郷道場に他流試合を申しこむつもりでな」

「さようですか。若先生は他流試合はけっして断らない、と聞き及んでおりますよ」

「そうか、では、大輔どのと立ち合うのが楽しみだな」

「すぐ近くでございますよ」

番頭が指で示して、場所を説明する。

礼を述べて、示された方向に歩く。

しばらく行くと、竹刀と竹刀がぶつかる乾《かわ》いた音と、甲高《かんだか》い気合が聞こえてきた。一帯は武家地で静かなだけに、剣術道場があるとすぐにわかる。

＊

本郷家の屋敷は黒板塀に囲まれていた。敷地は三百坪ほどあろうか。

表門は開け放たれ、とくに門番もいない。本郷道場の門弟が自由に出入りできるようにしているのであろう。

門を入ってまっすぐ進むと玄関だが、音が聞こえてくる右に折れた。

道場まで、踏み固められて道ができている。毎日、多くの人間が行き来しているのをうかがわせた。

道場の玄関の横には、

無外真伝流
本郷又三郎道場

と、墨痕《ぼっこん》あざやかに書かれた大きな看板が掛かっていた。

原が玄関で声をかけると、防具の胴だけを付けた若い男が出てきた。髪型や仕草から、町人のようである。

虎之助はふと、さきほど番頭が言及していた若旦那ではなかろうかと思ったが、そんな偶然はそうそうはあるまい。門弟には町人も多いということであろう。とりもなおさず、本郷道場が人気があるのをうかがわせた。

「剣術修行の者でござる。本郷又三郎先生に一手、御指南いただきたいと、まかり越した次第です。ぜひ、お取り次ぎを願いたい」

原が口上を述べる。

門弟は他流試合の応対には慣れている様子だった。さきほど番頭が述べていた、他流試合は断らないというのは本当のようだ。

「はい。では、まず、これにご記入ください」

帳面を差しだした。

そばに、筆記具も用意されている。

原が筆を執り、流派名、師匠名、自分の姓名と年月日を書いた。続いて、虎之助も同様に記入した。

その後、門弟はふたりを道場に案内しながら、言った。

「空いている相手を見つけて、自由に試合を申しこんでください。その際、ご自分の流派名とお名前を告げるのをお忘れなきよう」

道場内では、十人以上の者がてんでに試合形式の稽古をやっていた。隣の組と身体が触れあいそうなくらいの混雑ぶりである。

みな面をつけているため、顔はわからない。

道場の片隅に座って防具を身に付けながら、虎之助がささやいた。

「大輔どのがいたら、まず俺に譲《ゆず》ってくれよ」

「うむ、そのつもりだ。しかし、どうやって見わけるかな」

原も、虎之助が大輔と立ち合いたい理由は知っていた。

そのとき、

「若先生、お願いします」

という声が聞こえた。

若先生が応じ、すぐにふたりの稽古がはじまる。

原がささやいた。

「大輔どのはわかったぞ。よし、俺がうまい具合に貴公を押しだしていくようにするから、大輔どのが空いたと見たら、すぐに申しこめ。こういうときは、ずうずうしさが大事だからな。

さあ、行くぞ」

原と虎之助は竹刀を持ち、道場中央に進んだ。

数人と手合わせをしたあと、原の配慮もあって、いつしか虎之助は大輔のそばに来ていた。

すっと前に出ると、虎之助が頭をさげた。

「武者修行の者ですが、一手、ご指南ください」

「さようですか、よろしいですぞ」

大輔はこころよく受け入れる。

その言葉にも物腰にも、傲岸《ごうがん》さは微塵《みじん》もなかった。むしろ、初めての対戦相手を歓迎しているかのようである。

内心、気負《きお》っていた虎之助は、相手の予想外の謙虚さに、拍子抜けするほどだった。

面金越しに見る大輔の顔には、冷酷な印象はまったくない。むしろ、相手の心を安らげるような穏やかさがあった。育ちのよさを感じさせるといおうか。

「東軍流の篠田虎之助と申します」

「無外真伝流の本郷大輔です。いざ」

「いざ」

おたがい、竹刀を構えて向きあう。

虎之助が慎重に間合いを測っていると、大輔の竹刀がすっと伸びてきた。

「メーン」

ピシリと竹刀が面に撃ちおろされていた。

(えっ、もう、一本、取られたのか)

虎之助は愕然とした。

驚くべき速さである。

江戸の剣術は洗練されているというべきか。

虎之助は、相手の竹刀の速さにまったく対応できなかった。

江戸では各流派、各道場が切磋《せっさ》琢磨《たくま》しているのをうかがわせる。

関宿で虎之助が稽古を積んだ東軍流は、しょせん田舎剣術に過ぎないのであろうか。東軍流というより、道場が田舎道場ということなのだろうか。

「いや、まだ、まだ」

虎之助は自分を鼓《こ》舞《ぶ》するように言いながら、竹刀を大上段に構え、間合いを詰めていく。

「トーッ」

撃ちおろした竹刀は、大輔の軽快な竹刀さばきで簡単に弾《はじ》かれた。

虎之助は竹刀を引き戻すや、姿勢を低くしながら、意表を突くように胴を狙う。

だが、大輔はあわてない。

すっと、いったん身体を引いておいてから、すばやく飛びこんでくるや、

「コテーッ、メーン」

と、立て続けにコテとメンを撃ってきた。

虎之助の籠手と面がピシッ、ピシッと音を発する。

まったく反撃できなかった。軽くあしらわれたといおうか。

今度は、虎之助は相手に構えなおす暇を与えず、身体ごと突っこみながら面を撃っていった。

ところが大輔はあわてることなく、すっと身体をずらすようにしながら、胴を撃ってきた。

胴がバシンと大きな音を発する。

腹部に肉体的な衝撃こそないが、胴を撃たれたという心理的な衝撃は大きい。

「これくらいにしておきましょうか」

大輔がにこやかに言った。

自分と対戦を望んでいるものはたくさんいるから、という意味であろう。虎之助の実力はもうわかった、という意味もあるのかもしれない。

面金の向こうの大輔の顔は、笑みをたたえているようである。

三戦三敗であり、虎之助の完敗だった。

＊

（道場剣術では太刀打ちできないということだな）

虎之助は痛感せざるをえない。

もちろん、ちょっと前までであれば、道場剣術と真剣の斬りあいとは違う。いくら道場剣術に秀《ひい》でていても、実際に真剣で斬りあえばほとんど実力を発揮できない——と冷静に分析できたであろう。負け惜しみかもしれなかったが。

なにせ、虎之助は実戦の経験があり、真剣で人を斬殺したことがあったのだ。

だが、大輔のほうもいまは道場剣術だけではない。辻斬りとはいえ、人を斬殺する経験をしていた。しかも、これまでに四人を斬り殺していた。

（自分は大輔に道場剣術でかなわないのはもちろん、真剣でも勝てないのではあるまいか）

そう考えると、重苦しい気分になってくる。

「ずいぶん深刻そうではないか」

原が歩きながら言った。

他流試合を終え、本郷道場からの帰りである。

けっきょく、原自身は大輔と対戦することはできなかった。

「うむ、強敵だ。たんなる道場剣術の速さと巧みさだけではないからな」

「妙な言い方になるが、一度、人を斬り殺すと、度胸が据わるからな」

原が言った。

包丁を振りまわしている暴漢を取り鎮《しず》めようとして、原もかつて人を斬り殺してしまったことがあるという。ただし、あくまで本人の弁である。

虎之助は、実際には原は用心棒稼業で人を斬殺してしまったのではあるまいかと想像していたが、もちろん、追及したことはない。

「抵抗も逃げることもできない相手とはいえ、大輔はこれまでに四人を斬殺している」

「すると、竹刀と真剣の間合いの違いもわかっているだろうな」

「うむ、ただ闇雲《やみくも》に刀を振りまわす暴漢ではない」

「たしかに強敵だな。難敵と言ってもよいかもしれぬぞ。

もし、俺の加勢が必要なら、遠慮なく言ってくれ」

「うむ、そのときは頼むぞ」

ふたりは両国橋を渡って、隅田川を越えた。

両国橋を渡ると、江戸随一の盛り場の両国広小路である。

小屋掛けの芝居、軽業、そのほか雑多な見世物《みせもの》小屋がひしめいていた。さらに、葦簀《よしず》掛けの茶屋や、屋台店も多い。あちこちから、三味線や太鼓の音も聞こえてくる。

雑踏のなかを歩きながら、

「すごい人出だな」

と、虎之助が呆れたように言った。

ふたりが肩からかけた防具に、すれ違う人々は迷惑そうである。それでも、相手が武士とわかるため、表立って苦情をいう者はいない。

そのとき、一画から歓声が起きた。

ちらと見た原が言った。

「おい、相撲《すもう》をやっているようだぞ。ちょいと、見ていこう」

「ほう、相撲か」

虎之助も興味が湧いた。

見物人の輪ができており、後ろからのぞきこむ。

ちょっとした空き地があり、そこで飛び入り自由の素人相撲をやっているようだった。土俵も俵を埋めこんであるわけではなく、地面に棒で輪を描いただけだった。

「あの野郎、強いな、これで四人抜いたぜ」

見物人の噂が耳に入った。

虎之助が見ると、土俵に筋骨たくましい男が立っている。

いかにも誇らしげな顔は、四人に勝ったからであろう。

「おや、あの男は」

虎之助は見覚えのある顔だと思った。

原が聞き咎《とが》める。

「貴公、知っている男か」

「うむ、お蘭どのの供をしていた。大草家の中間だ。たしか、熊蔵と言った」

虎之助が原の耳元にささやいた。

もう、こうなると、見届けざるをえない。

虎之助と原は防具を足元におろし、土俵を見つめる。

世話人らしき男が見物人に呼びかけた。

「さあ、われこそはと思う者はいないかね。このまま五人抜きだと、賞品はこちらの熊蔵さんの物だよ」

「よっし、俺が賞品はもらったぜ」

男が進み出てきた。

世話役が言う。

「おめえさん、名は。四股名《しこな》でもいいがね」

「荒岩《あらいわ》でいこう」

その場ですばやく着物と下駄を脱ぎ、ふんどしだけの姿となった。

見物人のあいだから嘆声があがる。

荒岩と名乗った男は熊蔵よりは上背があり、体重もはるかに上まわっていた。

いわゆる巨体である。

世話役が荒縄を渡す。

荒岩がふんどしの上から、荒縄を腰にきつく巻いた。

ふんどしを引っ張られたら、睾丸を圧迫してしまう。そのため、荒縄を締込《しめこ》みにしているのであろう。熊蔵もふんどしの上から荒縄を巻き、締込みにしていた。

熊蔵と荒岩が土俵の中央で向きあう。

世話役が団扇《うちわ》を手にして、

「さあ、手をついて。見合って、見合って、はっけよ〜い……」

と、うながす。

熊蔵と荒岩が地面に拳をついた。

呼吸を合わせて両者が立ちあがる。

裸体と裸体がぶつかり、鈍《にぶ》い音がした。低い姿勢でもぐりこんだ熊蔵は、いつの間にか相手の荒縄に手をかけている。

荒岩は自分の体重を生かし、突進力で熊蔵を押しこむ。

体重差はいかんともしがたく、熊蔵はずるずると押され、そのまま土俵の外に突きだされるかに見えた。

熊蔵はさがりながらも、相手の突進力を利用して、荒縄をつかんだ右手を大きくひねった。

次の瞬間、荒岩の身体が浮いた。

巨体を半回転させ、荒岩は背中から地面に落ちた。ドスンと地響きがし、荒岩は息が詰まったのか、すぐには起きあがれない。

熊蔵の豪快な投げ技だった。自分よりはるかに大きな相手を、裏返しにしたのである。粘《ねば》り腰《ごし》と同時に、膂力《りょりょく》もかなりのもののようだ。

「おーッ」

見物人がどよめきの声をあげた。

「ほお、たいしたものだな。どうだ、せっかくだから、声をかけるか」

原が言った。

虎之助はちょっと考えたあと、答える。

「やめておこう。熊蔵もきまりが悪いに違いない。きっと、なにか用事を命じられて、このあたりに来たのであろうからな」

「そうか。では、われらは、せっかくだから、なにか食っていくか」

「そうだな、うまそうなものがいろいろありそうだ」

ふたりは防具をかつぎ、屋台店を見てまわる。

第三章　鎖帷子

一

「篠さん、二、三日前、篠さんと一緒に茶漬けを食べにきた若衆《わかしゅ》は、ふるいつきたくなるほど、いい男だったね。若衆髷が凛々《りり》しいこと。あたしが若かったら、ほっとかないよ」

お谷がしみじみと言った。

田中屋の奥座敷である。

夜が更《ふ》けてから、篠田虎之助は秘密の通路を通って田中屋にやってきたのだ。座敷には、お谷の亭主の猪之吉、隠密廻り同心の大沢靱負、それに岡っ引の作蔵がいた。

「もしかして、あの若衆は篠さんと、ねんごろの仲なのかい」

お谷がなおも言った。

男色関係かと問うているのだ。

虎之助は笑いをこらえる。

「いいえ、そんな関係ではありませぬ。あの若衆は、本当は女ですから。男装していたのです」

「えっ、女だったのですか」

お谷と猪之吉が、ほぼ同時に驚きの声を発した。

とりもなおさず、お蘭の男装や挙動が、板に付いていたということであろう。田中屋の猪之吉・お谷夫婦も見破れなかったのだ。

虎之助が大沢と作蔵を見て、説明する。

「二、三日前の朝、お蘭どのが大草蘭之丞のいでたちで、中間《ちゅうげん》を供にして、わたくしを訪ねてきましてね。こみ入った話で、いつの間にか昼に近くなったものですから、ここ田中屋で、三人で一緒に茶漬けを食ったのです」

大沢は、お蘭が虎之助を訪ねるのを知っていたようだ。

とくに驚くこともなく、からかうようにお谷に言った。

「おい、おめえが惚れそうになった若衆は、北町奉行・大草安房守さまの娘だぜ。

まあ、娘といっても、養女だがな」

「そうだったのですか」

猪之吉が納得する。

ところが、お谷が怒りだした。

「篠さん、おまえさんも人が悪いね。あたしに恥をかかせる気かい」

「いや、そういうつもりではなかったのですが。申しわけない」

虎之助はしゅんとなった。

大沢はおかしそうに笑ったあと、本来の話題に戻る。

「さて、福田美作守どのの屋敷を出たお兼どのについて、拙者はいろいろ調べた。

ところが、杳《よう》として行方が知れない。実家に戻った形跡もなくてな。

いったん実家に戻っていれば、嫁入りしたとか、どこそこに奉公しているとかわかるのだろうが、親兄弟もお兼どのの居場所を知らなくてな。拙者も途方に暮れたぞ。

そんなとき、福田家でこんな噂が流れているのが伝わってきた。

『お兼はいま、深川の岡場所で女郎になっている』

というのだ。

ただし、真偽のほどは怪しい。

拙者は、林忠英どのとの関係を深めたいと願う勢力が、芝姫どのを貶めるために嘘の噂を流していると見た。芝姫の生母が深川で遊女になっているとあれば、決定的な打撃だ。婿養子を迎える話はまとまるまい。

しかし、拙者はその後、ぼんやり考えていて、ハッと気づいた。ことわざに、

『嘘から出たまこと』

『瓢箪《ひょうたん》から駒が出る』

が、あるではないか。

深川にいるというのは、意外と当たっているのかもしれぬぞ。もちろん、女郎になっているのは誇張、あるいは出鱈目《でたらめ》だろうがな。

しかし、深川の岡場所あたりに住んでいるというのは、信憑性《しんぴょうせい》が高いぞ。

てめえ、深川の岡場所はくわしいだろう」

大沢が作蔵に言った。

作蔵が我が意を得たりとばかり、大きくうなずく。

「旦那、深川の岡場所なら、わっしに任せておくんなせえ。

俗に、『深川七場所《ななばしょ》』と言いますがね、深川には有名な岡場所が七か所ありゃ

す。
仲町《なかちょう》、
土橋《どばし》、
新地《しんち》、ここは大新地《おおしんち》と小新地《こしんち》に分けられます。
石場《いしば》、ここは古石場《ふるいしば》と新石場《しんいしば》に分けられます。
裾継《すそつぎ》、
櫓下《やぐらした》、ここは表櫓《おもてやぐら》と裏櫓《うらやぐら》に分けられます。
あひる、正式には佃新地《つくだしんち》ですがね。

以上が七場所ですが、そのほか、網打場《あみうちば》や三角屋敷など、低級な岡場所もありやしてね。まあ、深川は岡場所だらけですぜ。

お兼とやらがどこかの岡場所にいるとしても、おそらく名は変えているでしょうしね。旦那、こりゃあ雲をつかむような話ですぜ」

「うむ、雲をつかむような話だとしても、犬も歩けば棒に当たるということがある。いちおう、聞き込みをしてみてくれ。てめえは独特な勘があるからな」

「へい、わかりやした」

「そういえば、おめえは猪之吉と一緒になる前、深川にいたんだよな」

大沢が、今度はお谷に言った。

お谷は遊女の前歴を隠そうともしない。

「はい、あたしがいたのは櫓下という岡場所ですがね」

「櫓下に、まだ知り合いはいるか」

「けっこう、いると思いますよ」

「では、櫓下を中心に、お兼を探してくれ。作蔵が言うように、名は変えているだろうから、

『築地門跡脇の旗本屋敷で奉公していた女』

と尋ねるのがよかろう。

遊女は四方山話《よもやまばなし》をしていても、つい自慢で、

『あたしは昔、お武家屋敷で奉公していてさ』

などと、漏らしてしまうものだぞ」

「はい、わかりました。明日にでも櫓下に行き、昔の知り合いを訪ねてみましょうかね」

そこで、作蔵が思いだしたようである。

虎之助に向かって言った。

「そういえば、篠さん、おめえさん、裾継《すそつぎ》の女郎屋と縁がありやしたね」

「はい、津《つ》の国屋《くにや》という女郎屋ですがね」

関宿から江戸に出てきて間もないころ、虎之助は地理に慣れるためもあって、あちこちを歩きまわっていた。

ある日、吉村道場で杖術の稽古をしての帰り、深川を歩いていて、いつの間にか裾継という岡場所に紛《まぎ》れこんでいた。

まごついていると、酒乱の武士が通行人数人に斬りつけたあと、津の国屋の遊女を人質にして立てこもろうとする騒ぎに遭遇した。

自身番から駆けつけた男たちは白刃に恐れをなし、六尺棒を構えて取り囲むだけで、膠着《こうちゃく》状態になっていた。

これを見て、虎之助が進み出た。六尺棒を借りて武士を打ちのめし、遊女を助けだしたのだ。まさに杖術の腕試しでもあった。

「津の国屋は篠さんに借りがあります。おめえさんが訪ねれば、あだやおろそかな対応はしないはずですぜ。きっと、力を貸してくれるはずです」

「そうですか、では、津の国屋で、それとなく尋ねてみましょう」

「よし、お兼の件はここまでとしよう」

大沢が話題を変える。

ひたと虎之助に視線を向け、言った。

「いよいよ、辻斬りを繰り返していた本郷大輔の作戦がはじまるぞ。大輔が動きだすはずじゃ」

「その兆候があるのですか」

「兆候は月じゃ」

「と申されますと」

「だんだん月が大きくなってきたからな。拙者は、大輔はかならず動くと見ている。

月が満ちるに従い、雨天や曇天でない夜、大輔は衝動を抑えきれなくなり、かならず動く。

明日の晩から、作蔵の子分を動員して本郷家の屋敷を見張る。大輔が裏門から出てきたら、尾行する。

そして、貴殿の出番となる。

この作戦を、お奉行の大草安房守さまは承認された。また、関宿藩主の久世大和守広周どのも賛成されたと聞いておる。すなわち、関宿藩主もそなたに期待しておるということじゃ。

日が暮れてからは、いつ声がかかっても出動できるようにしていてくれ。よいな」

「はい、かしこまりました」

返事をしながら、虎之助はやや、せつない気持ちになった。

自分の役目は、本郷大輔を破滅させることではなかろうか。

もちろん、無辜《むこ》の、抵抗もできない人間を斬り殺す、大輔の辻斬り行為は断じて許されるものではない。

だが、別な時と場所で出会っていれば、虎之助と大輔はいわゆる馬が合い、親しい関係になっていたのではなかろうか。そんな気がしないでもない。

先日、本郷道場で相対した大輔の印象はさわやかだった。

（だが、やはり辻斬りは許せぬ）

虎之助は自分に言い聞かせたあと、

「なにがなんでも、本郷大輔どのの辻斬りの現場を取り押さえます」

きっぱりと言った。

大沢と作蔵が帰り支度をはじめた。

二

関宿藩の下屋敷を出た篠田虎之助は、海辺橋を渡って仙台堀を越えた。あとは、油堀の方向に歩く。

すでに虎之助は、深川の地理にはくわしくなっていた。掘割の多い深川では、橋を目印にすればわかりやすい。

富岡橋を渡って油堀を越えたあとは、油堀に沿った道を進む。

黒江橋を渡り、亥ノ口橋《いのくちばし》を渡る。

亥ノ口橋で掘割を越えると、永代寺門前山本町だが、ここに岡場所の裾継があった。

相変わらず裾継はにぎわっていたが、内藤新宿とはまた別種のにぎわいである。

そのいちばんの違いは、なんと言っても掘割と舟であろう。

裾継は油堀に面しているため、女郎屋の専用の桟橋がもうけられていた。裾継はじめ深川の岡場所で遊ぶ客の多くが、猪牙舟《ちょきぶね》や屋根舟《やねぶね》でやってくる。

江戸市中の適当な船宿で舟を雇えば、あとは歩くことなく、目的の女郎屋の目の前まで乗りつけることができたのだ。

（うむ、さすがに馬糞は落ちていないな）

虎之助はひとり笑いながら、裾継を歩いた。

紺地に白く、「津の国屋」と染め抜かれた暖簾が目に留まる。

（ここだったな）

虎之助はしばらく外に立っていたが、見知った顔が出てくる気配はないため、暖簾をくぐって土間に足を踏み入れた。

若い者がすぐにそばに寄ってくる。

「いらっしゃりませ。ご初会《しょかい》ですか」

「あいにく、客ではなくてな。若い者の清介《せいすけ》どのに、ちょいと用事があるのだが」

「へい、さようですか。

清介どん、清介どん」

若い者が声を張りあげた。

しばらくして、清介が階段をおりてきた。二階の座敷で用事をしていたようだ。

「おや、虎《とら》の尾《お》さま、どうしました」

清介が虎之助の顔を見るなり言った。

虎之助は本名を告げず、「虎の尾」という偽名で通していたのだ。

女郎屋では本名を名乗らず、表徳《ひょうとく》という別号で通す客は少なくない。そのため、清介も虎の尾を表徳と思っているようだ。

「手間は取らせぬ。ちと、外で話せぬか」

「へい、よろしゅうございます」


虎之助が暖簾をくぐって外に出ると、清介が下駄をつっかけてついてきた。

後ろを歩きながら、清介はなにか浄瑠璃《じょうるり》を小声で口ずさんでいる。

油堀のほとりに立つと、虎之助が用意していた懐紙の包みを清介の着物の袂《たもと》に入れた。

「まあ、ほんの気持ちだが」

女郎屋の若い者に頼み事をするときは、それなりの祝儀を渡さなければならないというのは、元遊女のお谷から教えられたことだった。

渡す祝儀の金額も、お谷から教えられていた。

「へい、これは恐れ入りやす。ところで、ご用とはなんでごぜえすか」

清介は機嫌がいい。袂《たもと》の重さで、ほぼ金額を推量しているのであろう。

虎之助が言った。

「人を探しておる。女じゃ」

「へい、女郎ですかい」

「女郎ではないかもしれぬのだが。本名は兼だが、名は変えているだろうな。かつて築地門跡脇の旗本屋敷で女中奉公をしていた女だ」

「へいへい、お武家屋敷で奉公をしていたという女はときどき、いますがね。しかし、たいていは嘘ですぜ」

「ほう、なぜ、嘘をつくのかのう」

「見栄《みえ》でしょうね。お武家屋敷に奉公していたというのが見栄なのですよ。津の国屋にも、お大名屋敷で腰元奉公をしていたと自慢していた女郎がいましたが、あとで真っ赤な嘘とわかりました。あたしらは陰で笑うだけで、もちろん本人にはなにも言いませんけどね。

まあ、女郎の身の上話はたいていい嘘ですがね。嘘をつき続けているうち、いつの間にか自分でも信じている女がいますよ」

清介が笑った。

聞きながら、虎之助は哀れを感じた。だが、日ごろ遊女に接している若い者には、そうした感情はないようだ。

「旗本屋敷で奉公していたという女は知らぬか」

「そういえば、旗本屋敷で女中奉公していたが、主人の手が付いて奥さまにいじめられ、逃げだしたと言っていた女がいましたね」

虎之助はドキリとした。

まさかとは思う。しかし、大沢靱負が言っていた「犬も歩けば棒に当たる」はこれかもしれない。

ひと呼吸置いて、尋ねる。

「その女はいま、どうしておる」

「二年ばかり前に、死にましたよ。

ほかには、お旗本のお屋敷で奉公していたという女は知りませんですね」

「そうか、わかった」

虎之助はまず無理であろうと思っていた。だが、やはり収穫がないとなると、少なからぬ落胆を覚えた。

清介の語調が急に高くなった。

「虎の尾さま、せっかくここまで来たのですぜ。ちょいと、あがっていってくださいよ」

「いや、これから大事な用事があってな」

虎之助はあわててその場を離れる。

へたをすると、袖をつかまれかねなかった。

海辺橋を渡ろうとするところで、

「あら、篠さん」

と、声をかけられた。

虎之助が振り向くと、お谷だった。橋のたもとからやや離れた場所で、女と立ち話をしていた。

相手の女をちらと見ると、四十前後にもかかわらず白粉が濃い。目鼻立ちのはっきりした、かつては美人だったろうなと思わせる容貌だが、どことなく下品で卑《いや》しい印象があった。着ている着物も、どこかみすぼらしい。

お谷が言った。

「ちょいと待っていてくださいな。一緒に帰りましょう」

「はあ、そうですか」

やむをえず、虎之助は橋のたもとにたたずみ、仙台堀を行き交う舟を眺《なが》める。樽や俵を満載した荷舟を見ていると、虎之助は関宿の江戸川や利根川の河畔にいるような錯覚に陥《おちい》りそうだった。

関宿は利根川と江戸川が合流する、水上交通の要衝《ようしょう》だった。虎之助は舟を眺めながら育ったのである。父親は、関宿藩の川関所の役人だった。

(まだ、しゃべっているのかな。いったい、いつまで待たせるつもりだ)

虎之助が腹立ち半分に振り向くと、お谷が笑いながら近づいてきた。

「お待たせしました。怒らないでくださいね。

なつかしい人にバッタリ出会いましてね。つい、話がはずんでしまって。というより、相手がなかなか放してくれなくてね。篠さんが現れたので、助かりましたよ。まだまだ話し足りなそうな相手に、

『あまり待たせては悪いから。なにせ、お武家さまですからね』

と言って、ようよう振りきってきたのですよ」

「そうでしたか」

「篠さんは、どこからの帰りなのですか」

「親分に言われたので、裾継に行ってきたのです。しかし、けっきょく、なにもわかりませんでした」

「そうでしょうね。あたしは櫓下に行ってきたのですけどね。やっぱり、なにもわかりませんでしたよ」

「親分もあちこち調べているのでしょうが……」

「おそらく親分もわからないでしょうね。というより、女郎の身の上話は嘘ばっかりなのですよ。

お旗本の屋敷で奉公していた女がいると聞きこみ、面会して尋ねてみても、

『な～んだ、嘘じゃねえか』

に終わるのが落ちでしょうね」

さきほど、若い者の清介が言っていたのと同じだった。

虎之助はしんみりした気分になる。

「遊女の身の上話は嘘が多いというのは、聞いたことがあります」

「あたしは百姓の家に生まれたのですがね。親が生活に困り、農村をまわってくる女衒《ぜげん》にあたしを売ったのです。いわゆる身売りですね。

そして、女衒に江戸に連れてこられて、櫓下の女郎屋に売られたのです」

「そうでしたか」

「女郎のころ、客に身の上を聞かれたとき、あたしは、

『家は神田の酒問屋だったのですが、商売に失敗して窮乏してしまいました。親兄弟を助けるため、あたしが身売りをしたのです』

と、しんみりと、あるときは涙混じりに、話《はな》していましたよ。

あたしは水呑百姓の小娘ではなく、神田の大店《おおだな》のお嬢さんだったというわけです。

何度も話をしているうち、なんだか、本当のような気がしてくるのですよね。自分が芝居や浄瑠璃の中の人物になった気分と言いましょうか。妙ですけどね」

お谷が笑った。

虎之助は笑おうとしたが、とても笑えない。

「たまたま亭主の猪之吉が身請けをしてくれたので、あたしは女郎から足を洗うことができましたけどね。

見てのとおり、野暮《やぼ》な男です。でも生い立ちなどまったく聞かずに、女郎のあたしを身請けしてくれたのですよ。あたしは女郎だっただけに、さんざん男は体験していますけどね。『惚れる』という感情が初めてわかったのは、亭主でした。あの亭主と出会わなければ、あたしはいまごろ、どうなっていたろうかと、ふと思うことがあります。

もしかしたら、さきほどの女のようになっていたかもしれませんね」

お谷の声に涙が滲《にじ》んでいた。

立ち話をしていた相手は、けっして幸せとは言えない人生を送っているのであろう。

だが、お谷はくわしい話をしようとはしない。

虎之助もさらなる説明を求めるのは遠慮した。

日頃見る猪之吉とお谷の夫婦は、おたがい毒舌《どくぜつ》の応酬をしている。だが、ふたりが固い絆《きずな》で結ばれているのを、虎之助はあらためて感じた。

道で別れ、お谷は田中屋へ、虎之助は関宿藩の下屋敷に帰る。

三

空には月が煌々《こうこう》と輝いていた。しかも、満天の星である。

まだ満月まではいかないが、ここ数日、雨や曇天が続いていたので、今夜の月は格別に明るく、しかも妖《あや》しく感じられる。

じっと月を眺めていると、なんとなく怪しい気分になってきそうだった。眠っている狂気を呼び覚まされそうといおうか。

本所林町である。

岡っ引・作蔵の子分の伝助《でんすけ》と米吉《よねきち》が、旗本・本郷又三郎の屋敷の裏門を見張っていた。

日が暮れてからは、本郷家の屋敷の表門も裏門もピタリと閉じられている。人の出入りはまったくない。

「おい、ちょいと小便に行ってきていいかな」

伝助が言った。

米吉が顔をしかめる。

「おい、親分に絶対に持ち場を離れるなと言われているだろうよ。我慢しな」

「我慢できねえんだよ。漏れそうだ」

「しょうがねえ野郎だな。じゃあ、そこの塀にしな」

ふたりがひそんでいるのは、やはり武家屋敷の黒板塀が落とす影のなかだった。

「お武家屋敷の塀はまずいんじゃねえか」

「誰も見てやしねえ。早くしろ」

「わかったよ」

伝助が板塀に向かって立小便をはじめた。

「おい、誰か出てきたぞ」

米吉がささやく。

伝助がうろたえて言った。

「おい、びっくりさせるなよ。へのこが揺れて小便が曲がり、ふんどしが濡れちまったじゃねえか」

「静かにしろい。小便をちびったことなんぞ、どうでもいいや。そのうち乾《かわ》く。跡をつけるぞ」

本郷家の裏門から出てきたのは、羽織袴姿の若い武士だった。提灯《ちょうちん》は持っていない。月明かりに照らされた場所を選んで歩いていくつもりのようだ。

伝助と米吉は月の陰になった場所をたどって追跡していく。

しばらく武士は武家地を歩いていたが、やがて町家に出た。

武士が道を曲がるとき、月明かりに照らされたその横顔を見て、伝助が言った。

「本郷大輔さまだぜ。間違いねえ」

伝助は岡っ引の作蔵に命じられ、本郷道場に見物に行ってきた。

有名道場には見物人が詰めかけ、武者窓から稽古風景をのぞく光景は珍しくない。そんな見物人に紛《まぎ》れて、伝助は大輔の顔を確かめてきたのだ。

米吉が大輔の歩いていく方向を推理する。

「この先は、深川森下町《もりしたちょう》だぜ」

「たしか、六間堀《ろっけんぼり》という掘割が流れていたな。ふうむ、怪しいな」

伝助が一帯の地理を頭に描いた。

六間堀は幅が六間（約十一メートル）あることから名づけられた、竪川と小名《おな》木川《ぎがわ》を結ぶ掘割である。その支流が深川森下町のそばを流れていた。

伝助は、大輔が支流に沿って歩くと読んだ。

「よし、俺が大輔さまをつける。

米吉、てめえは走って親分に知らせてくれ」

「田中屋か」

「すぐに知らせが届くよう、親分たちは高橋《たかばし》のそばまで出張ってきているはずだ。もし高橋のそばにいなかったら、田中屋まで走ってくれ。

高橋を通るように行けよ」

「よっし、わかった。走るのは任せてくれ。『韋駄天《いだてん》の米吉』は、伊達《だて》じゃねえぜ」

米吉はその場で草履を脱ぎ、重ねてふところに押しこむや裸足で走りだした。

*

隅田川と中川をつなぐ掘割が小名木川である。

小名木川には多数の橋が架かっていたが、隅田川の方からふたつ目の橋が高橋だった。

橋のたもとまで走ってきた米吉は、荒い息をしながらあたりを見まわす。

暗がりから岡っ引の作蔵が姿を現した。

「おい、米吉、ここだ」

「ああ、親分、よかった」

「現れたのか」

「へい、伝助が顔を見て、間違いないと言っていやす」

「ようし。どのあたりにいるのだ」

「六間堀の支流がありやすね。あのあたりをぶらつき、獲物を狙うつもりのようですぜ」

「ほう、なるほどな。敵は本気だぜ。やる気満々と言おうかな」

作蔵がうなずく。

深川の地理にはくわしいだけに、一帯の様子が手に取るようにわかるのであろう。作蔵は、大輔が辻斬りを実行すると判断したようだ。

「篠さん、篠さん」

作蔵が暗闇に向かって呼びかける。

暗がりから篠田虎之助が出てきた。

提灯を手にしていたが、灯が目立たなかったのは、身体で隠すようにしていたからである。

米吉は虎之助を見て一瞬、ギョッとしたようだった。

というのも、黒縮緬《くろちりめん》の御高祖頭巾をかぶっていたのだ。そのため、あたりが暗いこともあって、表情はほとんど見えない。

羽織姿だが、恰幅《かっぷく》がいいというより、小太りに見える。足元は黒足袋に草履だった。右手に杖を持ち、左手に提灯をさげ、やや腰を曲げている。

「どうだ、ひとりで月見を楽しんでいる風流な爺さんに見えるか」

作蔵が米吉に言った。

米吉は虎之助の外見をしげしげと眺める。

「夜の遠目には、爺さんに見えやすぜ」

「そうか。ここ数日、腰を曲げて歩く稽古をしてきたからな。おかげで、腰が痛くなったぞ」

虎之助が冗談めかせて言った。

作蔵が言う。

「六間堀はわかりやすか」

「いえ、まったくわかりません」

「では、近くまで案内しましょう。わっしと米吉が女郎買い帰りの男をよそおって前を歩きますから、やや離れて、ついてきてください」

「わかりました」

「重そうですな。歩くのが難儀なのじゃねえですか」

作蔵が、歩きだす虎之助を見て言った。

虎之助は鎖帷子《くさりかたびら》を着込んでいたのだ。頭巾と上半身用で、合わせて一貫六斤（約七キロ）ほどある。隠密廻り同心の大沢靱負から提供されたものだった。

当初、虎之助は鎖帷子を着用するつもりはまったくなかった。だが、本郷道場で大輔と立ち合い、考えが変わった。

もちろん、防具を身に付け、竹刀で撃ちあう道場剣術では歯が立たなかったとはいえ、虎之助は真剣勝負では負けるとは思わなかった。しかし、尋常な勝負ではない。

向きあった途端、いきなり刀を抜いて斬りつけてくるのだ。いや、それどころか、大輔は闇に身をひそめていて、突然、背後から斬りつけてくるかもしれない。

虎之助は不意打ちにはとても対処できそうもないことを、大沢に正直に述べた。

大沢は笑みを含み、

「貴殿には、いわゆる『肉を斬らせて骨を斬る』を実践してもらおう。とはいえ、本当に肉を斬られては元も子もないからな。貴殿にそこまでの犠牲は求めない。そこで、肉を斬らせながらも斬られないように、これを着込むがよい」

と、重い風呂敷包みを渡した。

中身は、町奉行所の同心が捕物出役《しゅつやく》のときに着物の下に着込む鎖帷子だった。

かくして、虎之助は鎖帷子を身に付けたのである。

「赤ん坊をおぶっているようなものかもしれません。歩くのは平気ですが、走るのは無理でしょうね」

虎之助が重さを形容した。

作蔵が首をひねった。

「わっしは赤ん坊をおぶったことがないので、そう言われてもピンときませんがね。

では、先を歩きやすぜ」

なんとも気楽な男のふたり連れをよそおい、作蔵と米吉が冗談を言いあい、笑いながら歩いていく。

かなり離れて、提灯をさげた虎之助がさも月下の散策を楽しむような足取りで、あとに続いた。

人が見ても、先を行く男ふたりと、あとを歩く老人が呼応しているとは誰も思うまい。

四

岡っ引の作蔵と子分の米吉は、深川森下町に入った。

あちこちの店先の掛行灯《かけあんどん》にはまだ灯がともり、にぎやかな声も聞こえる。居酒屋のようだ。

道端には、夜鷹蕎麦《よたかそば》も出ていた。職人風の男三人が地面にしゃがみ、丼を抱えて蕎麦をすすっていた。女郎買いの帰りかもしれない。

暗闇から月明かりのなかに、ひょっこり男が出てくる。伝助だった。

「おう、米吉じゃねえか。どけえ行く」

「おう、おめえこそ、どけえ行く」

「どうだ、これから一杯やるか」

三人があたりをはばからぬ大きな声で、酒を飲む相談をはじめた。

その合間に、作蔵がすばやくささやく。

「いま、どこにいる」

「六間堀に沿って歩いていやす」

「ふうむ、だんだん人通りが少なくなる場所だな」

作蔵は小声でつぶやいたあと、声を高くした。

「ようし、これから繰りだすか」

「へい」

「ようがす」

三人が連れだって、逆の方向へ歩きだす。

提灯をさげた篠田虎之助が近づいてきた。

すれ違いざま、作蔵がささやく。

「わっしらの背中の方向に進んでくだせえ。左手に六間堀がありやす。六間堀に沿った道のどこかに、ひそんでいるはずですぜ」

「うむ、わかった」

「わっしらは姿を消しやすが、近くの暗闇のなかで見守っていやすぜ」

そのまま、三人とひとりはすれ違う。

六間堀の水面《みなも》に月が映っていた。流れはほとんどないのか、水面の月影には乱れや、ゆがみはない。まるで、月を写し取ったかのようだった。

虎之助が進む道はところどころ、月の光を浴びてまるで霜《しも》がおりたかのように白かった。

右手は町家だが、もうほとんどが寝静まっているのであろう。わずかに、ポッリ、ポツリと灯が見えた。

左手は六間堀で、対岸は武家地だった。まったく灯はなく、星空の下のほうを黒々と塗りつぶしていた。逆に見れば、黒々と区切られた台形の上は満天の星である。

（そろそろかな）

虎之助は背後を振り返りたくなる衝動を、懸命に抑えた。不自然に振り返れば、大輔に罠《わな》の疑いを抱かせかねない。

また、物陰に暗闇があるとつい目を凝《こ》らしたくなるが、それも懸命に抑える。あたりに気を配っているように見えてはならない。

ときどき空を仰いで、月を鑑賞している風をよそおう。月に誘われ、あてもなく夜道をたどっている風流な老人といおうか。

視覚を頼めないため、虎之助は全神経を聴覚に振り向けた。

周囲から人の気配がなくなるにつれ、虎之助は胸の鼓動が高まり、脇から冷や汗が滲むのを感じた。

できるだけ六間堀のそばを歩くようにする。そうすれば、少なくとも左側からの不意打ちは封じられるからだ。

(よく殺気とかいうが、そんなものがあれば便利だがな)

ふと、そんなことを思ったとき、張りつめた聴覚が背後にミシという、土を踏みしめるかすかな音をとらえた。

(来たぞ、後ろからだ)

だが、虎之助はとっさに対応できなかった。というより、相手のほうが速かった。

次の瞬間には、右肩に衝撃を受けていた。

ジャリッと、やや場違いな金属音がした。鎖帷子が刃を食い止めたのだ。

もし鎖帷子を着込んでいなかったら、虎之助は右肩から左腰にかけて、袈裟《けさ》斬《ぎ》りにされていたろう。とくに右の首筋から斬りこまれていたら、大量の出血でほぼ即死だったはずである。

提灯を投げつけて相手を動揺させるつもりだったが、その余裕もない。虎之助は左手にさげた提灯をその場に落とし、振り向きざまに杖で撃とうとする。だが、鎖帷子の重みで、動きに瞬時の遅れが生じた。

相手は杖の動きを見極め、いったん引き戻した刀で大きく払う。

杖を握った手元に衝撃を感じた。

虎之助は胃がきゅっと縮《ちぢ》む気がした。スパリと杖が切断されるかに見えたのだ。しかし、樫製の杖は刀を食い止めていた。刃が杖に食いこんではいたが、切断を許さなかったのだ。

その瞬間、虎之助は刀が鎖帷子にはばまれたとき、刃がこぼれていたのだと悟った。

同時に、御高祖頭巾をかぶった相手の顔を確認する。まぎれもなく本郷大輔だった。

背後からの袈裟斬りを鎖帷子に防がれ、杖の切断にも失敗し、大輔は動揺していた。焦って、杖に食いこんだ刀身を引きはがそうとする。

虎之助は一瞬、杖をねじって大輔に刀を落とさせようかと思った。手から刀は離れないまでも、刀身が曲がるかもしれない。

とっさの判断だった。

両手から杖を離す。武器を自分から手放す決断だった。

突然、抵抗がなくなり、大輔は杖に刀身を食いこませたまま、刀を大きく振りあげた。身体も均衡《きんこう》を失う。

すかさず、虎之助が突進した。両腕を水平に重ねあわせ、身体をぶつけていく。体重を乗せた体当たりである。

鎖帷子をまとった両腕が、大輔の顎《あご》を激しく突きあげた。

肉と骨が軋《きし》む鈍い音がした。

大輔は声をあげることもなく、あっけなく後方に背中から転倒した。勢いあまった虎之助も前方に倒れこみ、身体ごと上からのしかかる。

転倒の衝撃で息が詰まりかけたが、それでも虎之助は無意識のうちに、大輔の両手首をおさえこんでいた。

ふと気づくと、なんの抵抗も受けない。

急に心配になり、虎之助が顔をのぞきこむようにして、

「おい」

と声をかけたが、反応はない。

あわてて手首で確かめると、脈はある。

大輔は完全に失神していた。

(生け捕りにできた)

虎之助は安堵のため息をついた。

＊

暗がりから作蔵と伝助、米吉が現れた。

「お見事でしたな」

作蔵が言った。

虎之助はかぶっていた御高祖頭巾を外す。

「鎖帷子のおかげです。さもなければ、後ろからバッサリやられていたでしょうね」

「死んではいないのですね」

「気絶しているだけです」

「では、ご対面といきやしょうか」

作蔵が、大輔の御高祖頭巾を外しにかかる。

虎之助がそれを制しておいて、大輔の腰の脇差を鞘ごと抜き取った。

「なるほど、用心するに越したことはないですな」

あらためて、作蔵が御高祖頭巾をはずした。

そばからのぞきこみ、伝助が受けあう。

「本郷大輔さまです。間違いありやせんぜ」

虎之助は地面に転がっている、刀を食いこませた杖を手に取った。まず、杖から外した刀の刃に目をやる。

やはり大きな刃こぼれができていた。この刃こぼれがあったため、杖を切断できなかったのだ。

いまさらながら、冷や汗が滲む。

そのとき、大沢靫負が近づいてきた。

「ご苦労でしたな」

「旦那、気を失っていますぜ。どうしやしょうか」

「六間堀の水を顔にぶっかけましょうか」

米吉が言った。

伝助が言う。

「なんなら、小便をひっかけやすか」

「まあ、ほっぺたを叩くなど、してみろ」

そう命じたあと、大沢が虎之助のほうを見た。

「これからは、われらに任せてくだされ。

貴殿はかかわらないほうがよいですな。さいわい、本郷大輔は貴殿とわかっていないはず。

このまま、貴殿は去るがよかろう」

「はい、承知しました」

虎之助はさきほど落とした提灯を探した。

地面に落ちた提灯は蠟燭《ろうそく》の火が移ったのか、ほとんど焼け焦げていた。もう、役には立たない。

提灯なしで歩くことになるが、月明かりをたどれば帰れるであろう。

刀の斬りこみのある杖を手に、ひとりで帰る虎之助に、作蔵が道順を教えた。

「では」

虎之助が一礼して立ち去ろうとした。

「う〜ん」

うなり声が発せられた。

大輔が息を吹き返したようである。

虎之助はやはり気になるため、数歩のあいだを置いて見守る。

わずかに首をもたげた大輔は、目だけを動かしてあたりを見まわしている。状況がつかめていないようだ。

「本郷大輔じゃな。われらと一緒に来てもらうぞ」

大沢が言った。

大輔はぽかんとした表情をしている。どうやら、直前の記憶が飛んでいるようだ。いま自分が置かれている状況が、よく理解できていないに違いない。

伝助と米吉が両側から脇を取り、大輔を立ちあがらせる。このあと、両側から拘束されて歩くことになろう。

大輔の大刀と脇差は、作蔵が抱えていた。

そばには、両刀を腰に差した大沢がいる。

万が一にも、大輔が逃亡したり、逆襲したりする機会はない。

そこまで確認したあと、虎之助はひとりで歩きだした。

夜道を歩きながら、

（ああ、早く鎖帷子を脱ぎたい）

と、痛切に感じた。

役目が終わったかと思うと、途端《とたん》に鎖帷子が重苦しく、鬱陶《うっとう》しい。

だが、まさか途中で脱ぐわけにもいかない。

虎之助は切れこみの入った杖を手に、重い身体を運んだ。

田中屋の前に立つと、まだ家の中に灯りがついていた。それどころか、三味線の音色と歌う声が聞こえてくる。


〽雨は天から縦には降れど、風の吹きよで横にも降るが、妾《わた》しゃ貴方に、縦に振れども横には振らぬ。


しばし外に立って聞き惚れる。

お谷の弾く三味線と端唄を聞くと、無事帰ってきたという感慨が湧いてくるのが不思議だった。

虎之助が表戸をトントンと叩いた。

猪之吉がすぐに戸を開けた。

「ご無事でなによりです」

「夜分、申しわけない」

虎之助は中に入りながら、まず鎖帷子を脱いだあと、秘密の通路を通って関宿藩の下屋敷内の長屋に帰る。そして、部屋の真ん中で大の字になって寝ころびたい気がした。

だが、猪之吉とお谷の夫婦が、すんなり虎之助を見送るはずがない。

ふたりも今夜の作戦は知っているため、当然、話を聞きたがるであろう。活劇を聞くのを楽しみに、酒と肴《さかな》を用意しているかもしれない。

（う～ん、深夜まで話がはずみそうだな）

虎之助は苦笑した。

五

四ツ谷忍町《おしちょう》は甲州街道に面している。

道場は、四ツ谷忍町の町家の一画にあった。入口横には、

天神真楊流柔術
　木下道場

と書かれた小さな看板がかかっている。道場主の人柄を感じさせる、ひかえめさだった。

篠田虎之助は原牧之進に案内され、一度、木下道場を訪れている。だが、そのときはお万と翌日の打ちあわせをするのが中心だったし、道場主の木下兵庫は眠っているとかで、挨拶もしていない。

きょう、吉村道場で杖対木刀の稽古を終えたあと、原が虎之助を誘った。

「姉に貴公を連れてくるよう言われていてな。姉としては先日、貴公が宴席を辞退して先に帰ったのに気が咎《とが》めているらしい。昼飯を馳走《ちそう》するつもりだろう。それに、八木田屋からの謝礼も、貴公に渡さねばならぬからな」

虎之助も同意する。

そして、ふたりで四ツ谷忍町にやってきたのだ。

原は遠慮がないため、とくに声もかけずにずかずかとあがりこむ。入口から入ると、すぐに板張りの道場があったが、がらんとしていた。

道場横の廊下伝いに奥の座敷に向かう。

座敷には、お万と夫の兵庫がいた。

初対面の兵庫はいかにも病みあがりらしく、月代《さかやき》と無精髭《ぶしょうひげ》が伸びている。やや頬がこけて見えるが、肩幅は広く、胸板も厚かった。

「むさくるしい格好で、申しわけない」

兵庫が頭をさげた。

原がずけずけと言う。

「兄上、道場は閑古鳥《かんこどり》が鳴いていますな」

「たしかにな。だが、わしもだいぶよくなったので、明日か明後日には髪結床《かみゆいどこ》に行って身だしなみをととのえ、そろそろ稽古も再開するつもりじゃ」

兵庫が笑いながら、穏やかに応じる。

いっぽう、お万は弟を軽く睨《にら》んだあと、

「弟子はみな男ですからね。女のあたしが稽古をつけるわけにはいかないのです。それで、主人が床についてからは、思いきって休みにしたのです」

と、虎之助に向かって説明した。

そこに、下女が膳を持参する。

膳には色どりのよい、手の込んだ料理が並んでいた。仕出料理屋に注文したようだ。

虎之助は初めて見る料理ばかりである。

串に刺した豆腐に味噌をつけて焼いたものが田楽《でんがく》だが、いかにも形は田楽のようでいて、香りが異なる料理に気づき、思わず言った。

「これは、なんでしょうか」

「うに田楽といい、味噌の代わりに雲丹《うに》を塗ったものです」

お万が説明した。

原が卵料理について質問する。

「姉上、これは、なんですか」

「巻卵《まきたまご》です。卵を溶いて薄く焼き、魚のすり身を塗りつけたあと、鳴戸《なると》に巻いて干瓢《かんぴょう》で結び、煮たものです」

「ほう、下谷の屋敷にいたころ、こんな料理は口にしたことはありませんでしたぞ。姉上はいつの間に、口が奢《おご》ったのですか」

原が、なかばからかうように言った。

お万も返事に窮《きゅう》していた。

育ったのは、幕臣とはいえ微禄の御家人の屋敷である。子どものころの質素な食生活が脳裏に浮かんだのかもしれない。

夫の兵庫が助け舟を出した。

「内藤新宿の女郎屋に、夫婦で柔術の教授に行っておりましたからな。昼食を馳走になることも多かったのです。そのとき、宴席で出す料理の相伴《しょうばん》にあずかることもありましてね。

そんなこんなで、夫婦ともども、手の込んだ料理にくわしくなったのです」

虎之助は、兵庫の正直な述懐に心を打たれた。

さらなる質問は遠慮し、食べることに専念する。

昼食が終わったあと、みなで道場に出た。

虎之助がお万に、

「手之内の技を見せてほしい」

と願ったのだ。

先日、斎藤弘左衛門の屋敷でお万は手之内を用いたが、虎之助は自分も敵に対処しなければならないため、目の端《はし》でちらと見ただけだった。そのため、あらためてじっくり見学したかったのだ。

「よろしいですよ」

お万はこころよく了承した。

虎之助は演武を見るだけでなく、手之内の威力を身をもって体験してみたかった。

そこで、稽古着と袴に着替えて現れたお万に言った。

「拙者は手之内の攻撃を受けてみたいのですが」

「柔術を習ったことはありますか」

「いえ、ありません」

「では、受身はできませんね。受身ができないと、大怪我をしかねませんから。牧之進、そなた、受け手になりなさい」

「はい、心得ました」

牧之進は義兄がそばにいることもあるのか、姉には従順である。

そばで聞いていて、虎之助は驚いた。

「貴公、柔術の心得があったのか」

「うむ、姉には負けるが、簡単に負けないくらいの技量はある」

牧之進の返答を聞いて、虎之助ははじめてわかった気がした。

というのも、吉村道場で杖対木刀の試合をしていて、牧之進が独特の身体の使い方をするのに気づいていたのだ。天性の身体のやわらかさと思っていたのだが、じつは柔術の身体の使い方だったことになろう。

「では、『釣瓶落《つるべおと》し』と呼ばれる技の形をお見せしましょう。釣瓶落しは手之内の本体で当身《あてみ》をし、手抜き紐を早縄《はやなわ》として用います」

お万が解説したあと、手之内を右手に握り、手抜き紐のなかばを垂らした。

向かいあって立つ原は右手に、短刀に模《も》した短い木刀を構えている。

原がじりじりと間合いを詰め、短刀でお万の胸を突こうとした。

お万は体さばきで突きをかわすと、左手で原の右肘をつかみながら、右手に持った手之内の本体で頸に当身を入れる。もちろん、形なので、本当には当ててはいない。

原が当身にひるむ。

お万は手抜き紐の輪をすばやく原の右手首にかけるや、ぐっと締めつけながら前方へ引っ張る。

原がぐらりとしながらも踏みとどまろうとするところ、お万が体重をかけて伸びきった手抜き紐を左足で踏みつける。

たまらず、原は前方に倒れ伏した。

とはいえ、お万も力を加減していたし、原は受身を知っているので、顔を道場の床に打ちつけることはなかった。

だが、実戦で、しかも手之内を知らない人間であれば、顔面を地面に激しく打ちつけるであろう。

その後も、お万はいくつかの形を披露した。

虎之助は見学しながら、

(柔術の稽古をしようか)

と、思いはじめた。

木下道場を辞去するに際し、お万が虎之助に、八木田屋からの謝礼を渡した。

中身は二両だった。

第四章　船　　戦

一

田中屋の奥座敷である。

隠密廻り同心の大沢靱負が、篠田虎之助、岡っ引の作蔵、それに猪之吉・お谷夫婦を前にして口を開いた。

「本郷大輔の件がようやく決着したぞ」

虎之助は、その後のことがやっとわかるのだと思った。

というのも、六間堀のそばから立ち去って以来、なにも聞かされていなかったのだ。

「あのあと、貴殿が立ち去ったあとだが、商家の蔵に大輔を監禁した。じつは、身共《みども》があらかじめ頼み、貸してもらったのだ。

幕臣の子弟を縛りあげるわけにもゆかぬので、身体は自由にした。しかし、大輔が自害をする恐れがある。もちろん、刃物は持たせていないが、蔵の中の物を利用して首を吊るなど、しかねないからな。

そのため、作蔵の子分らが交代で見張りをしなければならなかった」

虎之助は意外な気がした。

「自身番に連行しなかったのですか」

「自身番に連れていけば、町奉行所の役人が大輔を捕縛したことになるからな。あくまで、おおやけにしないためだ。

蔵の中で身共が尋問したわけだが、大輔は四人の辻斬りを認めたよ。そして、最後に懇願した。

『切腹させてくだされ。武士の情けです、いさぎよく切腹させてくだされ』

その様子は、血涙をしぼると言おうかな。本気で切腹を望み、毫《ごう》も命を長らえようという気持ちはなかった。

身共は妙に大輔に共感を覚えてな。もちろん、身勝手な切腹など認めるわけにはいかぬのだが」

「大輔どのは四人の辻斬りは認めたわけですが、五人目、つまり私に斬りつけたことに関してはどうなのですか」

虎之助が疑問を口にした。

大沢が笑った。

「そこだよ。大輔は貴殿に関する記憶が空白というか、混乱しておるようでな。そこで、身共が、

『そなたが背後から斬りつけた相手は、武芸者のようだった。そなたを投げ飛ばして気絶させ、われらに引き渡したあと、名前も告げずに立ち去った』

と説明した。

大輔は狐につままれたような顔をしていたぞ。なぜ自分が思いだせないのかが、とうてい理解できないようだった。

身共は、大輔が自供した内容を紙に書き、読み聞かせた。

『相違ないか』

『はい、相違ございません』

そこで、自白の最後に署名させ、爪印《つめいん》を押させた。大輔は印形を持っていなかったので、爪に墨を塗り、押させたわけだ。

署名と爪印を得て、これで正式な証文となった。

身共は、お奉行の大草安房守さまに面会し、大輔の自白書をお見せした。すぐに、お奉行は関宿藩主の久世大和守広周どのに連絡された。もちろん、おふたりが直接お会いになったわけではないがな。

おふたりが同意され、いよいよ動きだしたわけだ」

大沢がここで、ひと呼吸入れた。

やや、もったいぶって、茶で喉を湿す。

虎之助はじめ四人は黙って待った。

大沢が話を再開する。

「おふたりの合意を得て、身共が手紙を書き、使いを立てて本郷又三郎どのに届けた。手紙には、おおよそ、こんなことを書いた。

ご子息の大輔どのが夜陰に乗じ、人に斬りつけるところを、警戒中の北町奉行所の手の者が見つけ、取り押さえた。斬られそうになった男は逃げ去り無事だったが、念のため大輔どのを尋問したところ、これまでに辻斬りをおこない、四人を殺害したことを自供した。現在、大輔どのは拘束している。

ご貴殿が貝淵藩林家の剣術師範であることにかんがみ、表沙汰になる前にお知らせする次第である。

手紙を読み、又三郎どのは目の前が真っ暗になったであろう。断崖絶壁から突き落とされるような気分だったかもしれぬな。『拘束』とだけで、場所は書いていないため、息子が小伝馬町の牢屋敷に収監されたと思ったかもしれぬ。

又三郎どのは動転した。息子を救いだし、事件を隠蔽《いんぺい》するため、貝淵藩主の林忠英どのを頼った――のだろうな。

じつは、これから先は、身共は実際には関与しておらぬのだ。身共よりはるか雲の上の方の駆け引きでな。

そんなわけで、身共の推量もあるのを承知で聞いてもらいたい」

大沢が自分の身分の限界を正直に述べる。

虎之助が代表して言った。

「かしこまりました」

「林忠英どのの意を受け、側近がお奉行の大草さまを訪ねてきて、大輔の放免を懇願した。

表向きは懇願だが、背後には藩主林忠英どのがいること、さらに背後には大御所家斉さまがいることをほのめかした。つまるところ、威圧だな。

話しあいを経て、お奉行の大草さまは大輔の放免に同意された」

「待ってくださいな、お奉行さまは圧力に負けて、あっさり辻斬りを放免してしまうのですか。それじゃあ、殺された四人が浮かばれませんよ」

お谷が憤然として、まくしたてた。

大沢もたじたじである。

「まあ、最後まで聞いてくれ。これは、お奉行と関宿藩主・久世広周どのの描いた図式のとおりなのだ。

お奉行は大輔の放免にあたって、ふたつの条件を出した。

一　大輔は生涯、本郷家の屋敷内に禁足《きんそく》とする。

二　殺された四人の遺族に、本郷家がそれぞれ三両の弔慰金を渡す。

というもので、林忠英どのの使者が同意した。つまりは、本郷又三郎どのも同意したということだ。

本郷家から引き取り人が来て、身共は大輔を引き渡した、というわけだ。その後のことは、身共も知らぬ」

「遺族に三両の弔慰金を渡すのは、まあ、わかりますけどね」

お谷は釈然としない顔をしている。

虎之助が慎重に言った。

「これで終わりではないのですよね」

「さよう。準備がととのったということじゃ。

大御所・家斉さまがお亡くなりになると、事態が動きだすであろうな。大御所さまの威を借りていた貝淵藩主の林忠英どのは、真っ先に糾弾の対象となろう。

関宿藩主の久世広周どのは、いずれ老中になると見られておる。

お奉行の大草さまは、実子である久世広周どのに、いわば武器を託されたといってよかろうな。武器とは、大輔の自白書だ。いずれ、その武器が威力を発揮する。

林忠英どのは北町奉行所に圧力をかけて、本郷大輔の辻斬りを揉み消していた――とな。

虎の威を借る横暴以外のなにものでもないぞ。糾弾されれば、弁解の余地はなかろうな」

「本郷家はどうなるでしょうか」

「身共はなんとも言えぬが、もしかしたら本郷家は改易《かいえき》になるかもしれぬな。いわゆる、お家断絶じゃ」

「そうなれば、わっしも溜飲がさがりやすがね」

作蔵が初めて口を開いた。

大沢が締めくくる。

「これで身共の話は終わりじゃ。作蔵、待たせたな。

これから、作蔵が話す。その前に、一杯、呑ませてくれ。作蔵、てめえも喉を湿したほうがよかろうぜ」

「あいよ」

お谷が酒の支度をはじめた。

猪之吉は肴を用意している。

「旗本・福田美作守さまの娘を生んだものの取りあげられ、屋敷を追いだされたお兼の行方です」

作蔵が話しはじめた。

＊

お谷が言う。

「篠さんとあたしはそれぞれ、深川の岡場所を探ってみたのですが、お兼さんについてはわかりませんでした」

「じつは、わっしもあちこちの岡場所で聞き込みをしたのですが、まったくわかりやせんでね。これは無理だなと、あきらめかけたのです。

わっしは、ふと思いついて女房に、

『おめえ、旗本屋敷で奉公していたお兼という女が深川の岡場所にいるらしいのだが、聞いたことはねえか』

と、尋ねたのです。べつに、期待はしていなかったのですがね。なにげなく、聞いてみたと言いましょうか。

するど、女房があっさり言うじゃありませんか。

『ああ、花田《はなだ》のお兼さんのことかい。知っているよ。新地の花田という料理屋の女将だよ』

なんと、女房が知っていたのですよ。灯台下暗しとはこのことですぜ」

「新地の花田……そういえば、聞いたことがありますね。けっこう大きな料理屋ですよ」

お谷が言った。

作蔵は、永代寺門前山本町にある若松屋《わかまつや》という小料理屋の主人である。しかし、肝心の主人の作蔵が岡っ引稼業で出歩くため、女房が女将として実質的に若松屋を取り仕切っていた。

やはり、料理屋の女将同士、交流があったのだ。

「女房の説明では、こうでした。

『お兼さんは、築地門跡脇のなんとかいうお旗本のお屋敷で女中奉公をしていたとき、お殿さまのお手がついたんだと。ところが、奥方さまに憎まれ、いじめられたものだから、お屋敷を飛びだしたんだそうだよ。

そのとき、ふと思いだしたのが新地の花田。以前、奥方さまの舟遊びのお供をして、花田に行ったことがあったらしいのさ。新地は海のそばだからね。そこで、お兼さんは花田に行って、女中として雇ってほしいと願ったのさ。しかし、人間の運ってものはわからないものだね。花田の主人は半年ほど前に女房に先立たれ、後妻を考えていたところだったんだよ。主人はひと目見て、お兼さんが気に入ったらしくってね。その後はとんとん拍子で話が進み、お兼さんは花田の後妻におさまり、いまは女将というわけさ。新地の花田の女将といえば、深川の女郎衆や芸者衆で知らない者はないくらいだよ。女将はもとはお武家屋敷でご奉公していたというのが、箔《はく》になっているらしいけどね』

というわけでしてね。

あっけなく、わかりましたよ。

花田の女将のお兼が、旗本・福田家で女中奉公をしていて芝姫を生んだお兼に違いありませんぜ」

「しかし、福田家には『お兼はいま、深川の岡場所で女郎をしている』という噂が流れたのですよね。なぜ、ゆがんで伝わったのでしょうか」

虎之助が首をかしげた。

くない。

「福田家と花田は縁がある。奉公人の誰かが福田家に伝えたのかもしれぬな。こうして、お兼が深川の新地にいることがわかったが、料理屋の女将ではおもしろくない。

そこで、岡場所で女郎をしていると、ねじ曲げて広めたのであろう。そうすれば、お兼も芝姫も貶《おとし》められるからな」

「なるほど、それでわかりました」

「作蔵から知らされ、お兼の居所は身共がお蘭どのに伝えた。

この件は、お蘭どのが主導しておる。身共や作蔵が手伝うのは、お兼の居所を調べるところまでじゃ。この先は、われらは手を引く。旗本家のお家騒動に介入するわけにはいかぬからな。

お蘭どのは貴殿に助力を頼むかもしれぬ。貴殿は町奉行所の役人ではないから、なんの制約も受けない。まあ、助太刀をしてやってくれ。

助太刀をするというより、悍馬《かんば》の暴走を『どう、どう』と制する役まわりかもしれぬがな」

大沢が愉快そうに笑う。

だが、虎之助はとても笑う気分ではなかった。

二

先日と同様、中間の熊蔵を供にして、お蘭が現れた。やはり若衆姿である。関宿藩の下屋敷の門番は、篠田虎之助を訪ねてくるお蘭を見て、田中屋のお谷と同様な誤解をしているかもしれない。

つまり、虎之助とお蘭は男色関係だと。

こういうことは、否定すればするほど、相手は確信を深めるであろう。虎之助としては素知らぬ顔を通すしかないのだが、やや腹立たしいのも事実だった。

お蘭はあがってくるや、虎之助に紙袋を差しだす。

「これは手土産でございます」

「おや、なんですか」

「金平糖《こんぺいとう》です」

「ほう、高価なものを恐縮です」

金平糖は周囲に角状の突起《とっき》のある小粒の砂糖菓子で、南蛮《なんばん》菓子の一種でもある。

虎之助も金平糖が高価なことは知っていた。

「先日は茶漬けをご馳走になりましたから」

「いえ、あれくらい……」

虎之助は田中屋の茶漬け三杯より、金平糖ひと袋のほうが高くついたであろうと思った。

お蘭がけろりとして言う。

「じつは、あたしが食べたかったのです。さっそく、一緒に食べましょう」

「あいにく、茶も出せぬのですが」

茶葉はなかったし、そもそもへっついに火を熾《おこ》していないので湯もない。

お蘭が笑った。

「それがわかっているので、金平糖にしたのです」

先日の来訪で、虎之助の部屋の台所の様子はちゃんと観察していたのだ。茶が必要な菓子は避けたということであろう。

虎之助とお蘭が金平糖をつまみ、口の中に放りこむ。

名称こそ知っていたが、金平糖を食べるのは初めての虎之助は、口の中に広がる甘さに陶然となった。

お蘭は紙袋を、

「そなたも遠慮なく、おあがり」

と、上がり框《かまち》に腰をおろした熊蔵にもまわしてやった。

熊蔵がそのいかつい顔をほころばせる。やはり、金平糖の甘さは特別なようだ。


お蘭が話しはじめた。

「大沢靱負さまに、お兼さんの居場所を教えてもらいました。

そこで、さっそく福田家の老女の瀬水さまにお伝えしたのです。瀬水さまはもちろん、すぐに主人の福田美作守さまに伝えました。

そして、瀬水さまが深川の花田に出向き、お兼さんに面会することになりました。瀬水さまに頼まれ、あたしが同行したのです」

「ほう、用心棒ですか」

「女の格好でしたがね。瀬水さま付きの女中として、供をしたのです。熊蔵は福田家の中間として従いました」

虎之助は聞きながら、そういう変装自体をお蘭は楽しんでいたに違いないと思った。

武器としてはなにを所持していたのだろうか。まさか薙刀や鎖鎌は持参できまい。気にならないではなかったが、質問はしなかった。

「花田の二階座敷で、瀬水さまとお兼さんは面会したのです。お兼さんは最初、信じられないような驚きの表情をしていましたが、『瀬水さま……』

とつぶやくや、あとは涙でした。あたしもそばで見ていて、もらい泣きしそうになりましたけど。挨拶が済むと、瀬水さまが切りだしました。

『お殿さまが、そなたに屋敷に戻ってほしいとおっしゃっております』

つまり、美作守さまはお兼さんをあらためて、芝姫さまの実母、そして側室として迎えようと考え、瀬水さまを遣わしたのです」

虎之助は聞いていて、美作守の要望は、武士の身勝手な横暴ではあるまいかと思った。

お兼はかつて、自分が産んだ子を取りあげられるという、いわば「生木《なまき》を裂かれる」経験をした。そして、また、「生木を裂かれ」ようとしているのだ。

虎之助は腹立たしさを覚えた。

美作守は、料理屋の女将はしょせん町人、旗本の側室になれるのは光栄であろう、くらいに考えているのかもしれない。

「お兼どのはいまや、夫のある身ですぞ。いくら旗本でも、生木を裂くようなことは許されますまい」

「じつは、ご亭主の角右衛門《かくえもん》さんも同席していましてね。美作守さまの要請を知るや、じっとうつむき、妻のお兼さんのほうを見ようとしないのです。

あたしは角右衛門さんの心のうちを想像すると、気の毒と言いましょうか、つらかったですね。

ところが、お兼さんはきっぱり断りました。

『あたしは亭主のある身です。また、花田の女将として生きがいを感じております。もう、お屋敷に戻る気はございません』

瀬水さまはとくに説得を重ねることもなく、

『さようですか。わかりました』

と、あっさり納得されました。

すでに予想していたのかもしれませんね。

そして、瀬水さまは代案として、お兼さんに福田家の屋敷を訪れ、芝姫さまと、正式に親子の対面をするのを求めたのです」

「お兼どのは深川の岡場所で遊女になっているという噂を、打ち消すためですか」

「さようです。しかし、その提案を聞き、お兼さんの顔には苦悩が浮かび、角右衛門さんの表情には恐怖がありました」

「ほう、なぜですか」

「いったん福田家の屋敷に入ると、もう帰れなくなるかもしれないと思ったのでしょうね。

そうした相手の危惧がわかったので、瀬水さまは、かならずお兼さんを帰宅させる旨の証文を書き、署名と印形を押して、角右衛門さんに渡しました。

こうして、お兼さんはついに福田家の屋敷に出向くことに同意したのです。

あとは、いつ、どうやってお兼さんを福田家の屋敷に呼び寄せるかです」

お蘭が言葉を区切り、もったいぶる。

虎之助はすでに、かなり江戸の地理にくわしくなっていた。頭の中で地図を描く。

花田のある新地は江戸湾の海に面し、桟橋も多数ある。いっぽう、福田家の屋敷のある築地門跡脇も海に近いので、近くに船着場はもうけられているであろう。

となれば、隅田川の河口の海を舟で突っ切るのがもっとも早く、安全なのではなかろうか。

「『どうやって』は、舟を雇ってはどうですか」

「はい、あたしと瀬水さまも船宿で屋根舟を雇い、お兼さんを連れてくることを考えたのです。ところが、この計画が敵方に漏れたようなのです。連中は、

『船戦《ふないくさ》を仕掛け、お兼が乗った屋根舟を転覆させてしまえ』

と気勢をあげているとか。

実際に、計画を練っている様子なのです」

「う～ん、それは面倒なことになりそうですな」

「そこで、篠田さまの出番です。篠田さまは舟に慣れていますよね」

「まあ、拙者は利根川と江戸川で育ったようなものですからな。いちおう、泳げますし、舟の櫓《ろ》も漕げますすが」

「そこを見込んでのお願いです。お兼さんが親子の対面のために福田家に行く日、警護してくださらい。親子の対面を実現させるためです。

あたしは舟には自信がないものですから。もちろん、泳ぎもできません」

「わかりました。では、『いつ』は、いつですか」

「数日のうちです。決まったら、熊蔵がお知らせにまいります」

「迎えにいくのは誰々ですか」

「できるだけ目立たないようにしたいので、あたしと瀬水さま、熊蔵、それに篠田さまです」

「わかりました」

帰るに先立ち、お蘭が雪隠を借りたいと言った。


虎之助はお蘭の姿が見えなくなってから、熊蔵に声をかけた。

「そのほう、相撲が強いようだな」

「へ、どうして、そんなことを」

「たまたまなのだが、先日、両国広小路で、そのほうが相撲を取っているのを見かけた。そのほうが豪快に、自分より大きな男を投げ飛ばしたのには感心したぞ」

「おや、見られてしまいましたか。お恥ずかしい次第で。お嬢さまには内緒にしていてくだせえ」

熊蔵が首をすくめた。

虎之助が笑った。

「そのため、お蘭どのがいないときを見はからって声をかけた。ところで、どこで相撲を稽古したのだ」

「あたしは百姓の生まれで、江戸に出てきて、大草さまのお屋敷で奉公をはじめたのです。村にいるころ、いわゆる村相撲が盛んで、暇《ひま》さえあれば相撲を取っていました」

「ほう、そうか。今度の船戦では、そのほうの力を頼むかもしれぬ。そのつもりでいてくれ」

「へい、かしこまりやした」

そこに、お蘭が戻ってきた。

虎之助が言った。

「もしかしたら、船戦になるかもしれないですな。これは大事なことなので、ぜひとも伝えておかねばなりません。

もし、船戦になったとき、たとえどんな武器を用いるにしても、絶対に船の中で立ちあがってはなりませんぞ。座ったまま、武器を使用してください。

できれば片手で使い、もういっぽうの手は船縁をつかんでいたほうがよいですな」

虎之助は舟に慣れているので、立ったままでも多少の揺れなら対応できた。舟の傾きもある程度までなら、すばやい体重の移動で修正できる。

しかし、舟に不慣れな人間が立つのは危険だった。まして、立ったまま武器を使えば身体の重心の移動で舟が傾き、うろたえて水の中に転落しかねなかった。

「はい、心得ておきます」

お蘭が素直に受け入れる。

やはり、虎之助の舟に関する技量には一目《いちもく》置いているようだ。

「それに、舟は二艘のほうがよいですな。屋根舟と猪牙舟です。用意できますか」

「わかりました。船宿に命じます」

お蘭は熊蔵を従えて帰っていった。

三

新地は江戸湾の海のそばである。そのため、料理屋や女郎屋の二階座敷からの眺望はすばらしかった。

目の前には海が広がっており、石川島と佃島《つくだじま》が手に取るように見える。晴れた日には、遠く房総《ぼうそう》の山々まで見渡せた。

海には白い帆で風を受けた大型の船が目立つ。すべて、隅田川をめざしているのだ。隅田川をさかのぼり、それぞれ目的の河岸場に着岸する。

新地の海岸には、料理屋・花田の専用の桟橋がもうけられていた。

その桟橋に屋根舟が一艘、停泊していた。客は乗っておらず、船頭が煙管《きせる》で煙草をくゆらせている。客を待っているようだ。

やや離れた桟橋に猪牙舟が一艘、停泊していたが、船頭は篠田虎之助だった。手ぬぐいで頬被りをし、着物は尻《しり》っ端折《ぱしょ》りしている。

客として舟に座っている熊蔵は、なんとも居心地が悪そうだった。

「お武家さまに船頭役をやってもらい、申しわけありません」

「そのほう、舟は漕げるか」

「いえ、できません」

「だったら、黙って拙者に任せろ。気を遣うことはないぞ」

「へい、しかし、こうしてじっと座っていると、落ち着かない気分でしてね」

「しばらくの辛抱だ。そのうち、そのほうに働いてもらわねばなるまい」

そう言いながら、虎之助は横目で小新地の海岸をうかがった。

新地は大新地と小新地に分かれている。花田は大新地にあった。

虎之助はさきほどから、小新地の桟橋に停泊している一艘の屋根舟が気になっていたのだ。

簾《すだれ》をすべておろしているため、舟の中に人がいるのかどうか、また何人いるのかもまったくわからない。船尾に腰をおろした船頭は退屈そうに煙管で煙草をくゆらしている。

「篠田さま、出てきましたよ」

熊蔵の声が緊張を帯びていた。

虎之助が見ると、三人の女が花田の建物を出て、桟橋のほうに歩いていく。あとを、数人の男女がぞろぞろと歩いていた。

先頭の初老の女が、老女の瀬水に違いない。髪を椎茸髱《しいたけたぼ》に結っているので、武家屋敷の上級の女中とすぐにわかる。

続くのがお兼であろう。髪は丸髷《まるまげ》に結っていた。

最後が、若衆姿で腰に両刀を差したお蘭だった。遠目には、護衛の若侍に見えよう。

あとに続いているのは、見送りに来た花田の奉公人に違いない。

虎之助が小新地の桟橋の屋根舟を振り返ると、いましも、ひとりの武士が海際の道を走っていくのが見えた。

武士が桟橋に足をかけると、止まっていた鴎《かもめ》が一羽、飛びたった。

屋根舟に武士が乗りこむや、さっそく船頭は立ちあがり、棹《さお》を手にしている。

(うむ、間違いない)

虎之助は、屋根舟に妨害しようとする連中が乗っていると判断した。

武士のひとりは花田を見張っていて、お兼が舟に乗りこむのを確認するや、知らせに走ったのだ。

屋根舟に何人が乗っているのかはわからないが、少なくとも舟が一艘だけらしいのに、虎之助はやや安心した。

(さあ、いよいよだぞ)

虎之助は竹の棹を手にした。

足元で踏ん張りつつ、棹で岸壁の石組みを突く。

猪牙舟がゆっくりと桟橋を離れる。

「お客さん、舟を出しやすぜ」

虎之助がふざけて声をかけた。

だが、熊蔵は顔を引きつらせていて、返事もしない。猪牙舟に乗るのは初めてなのかもしれなかった。


虎之助は猪牙舟を桟橋から離したあと、棹から櫓に切り替えた。

石川島を左手に見ながら、隅田川の河口を横切る。

お兼らを乗せた屋根舟が鉄砲洲の沖を進むのを眺めながら、虎之助はなかばやきもきしていた。

というのも、妨害者を乗せた屋根舟は先行する屋根舟を追いかけながら、なかなかあいだが縮まらないのだ。

(ははん、少なくとも三人以上、乗っているな)

お兼らの屋根舟は乗客三人で、船頭ひとりが漕いでいる。船頭の数が同じなら、乗客の人数で船足は決まるからだ。

さらに、乗客は同じ三人でも、女三人と男三人では後者のほうが重いはずだった。

いっぽう、猪牙舟の船足は早いため、うっかりすると二艘を追い越してしまいかねない。虎之助はときどき櫓を漕ぐのを休み、二艘との距離を調整しなければならなかった。

妨害者を乗せた舟が急に速度をあげ、徐々に接近していく。船頭に祝儀を約束し、発破《はっぱ》をかけたのかもしれない。

(さあ、追いつくぞ)

虎之助は櫓を全身で漕ぎはじめた。見る見る猪牙舟の速度が増す。

先行する屋根舟と屋根舟がついに並んだ。

座敷から、ひとりの武士が船首に出てきた。

武士は槍《やり》を手にし、船首に仁王立ちになっている。槍で、お兼らが乗った屋根舟の座敷を突くつもりのようだ。

虎之助は一瞬、緊張したが、

(あのへっぴり腰では無理だな)

と、自分に言い聞かせる。

ひと目見て、武士が舟に慣れていないのがわかった。

武張《ぶば》って仁王立ちで槍を構えているが、足元の揺れで腰が安定していない。とても槍の穂先を、隣を行く屋根舟の簾に届かせることはできないであろう。

そもそも、屋根舟の船首に立って槍を振るうこと自体、無理と言えよう。

だが、物の弾《はず》みということがある。

槍の穂先を向けているだけに、ちょっとした弾みで三人に大怪我をさせかねなかった。

虎之助は猪牙舟を、武士が乗った屋根舟に急接近させていきながら、

「おい、頭をさげ、船縁をしっかりつかんでいろよ」

と熊蔵に注意した。

虎之助は漕ぐのをやめたが、猪牙舟は惰性で進み、側面がゆっくり屋根舟の側面にぶつかる。

突然の揺れで、槍を構えて仁王立ちしていた武士はぐらりとよろけたかと見るや、次の瞬間、

「わーッ」

と叫びながら、あっけなく転落した。

大きな水音がする。

虎之助は一瞬、ヒヤリとした。やはり溺死させるのは本意ではない。助けるため棹を水面に伸ばそうとしたとき、武士が、

「ぷはーっ」

と息をしながら水中から浮かびあがった。

あとは、必死の形相で、屋根舟の船縁にしがみついている。

屋根舟の簾が巻きあげられ、座敷にいた武士が、

「どうした」

「無事か」

と叫んでいる。

（ふうむ、全部で三人か）

いったんはぶつかった二艘は、反動でゆっくりと離れはじめていた。

「おい、鳶口《とびぐち》を使え」

虎之助の指示に応じて、熊蔵が船底に用意していた鳶口を手にした。

棒の端に鳶の嘴《くちばし》のような鉄製の鉤《かぎ》をつけたもので、火消しが用いることが多いが、奉行所の小者が捕物出役《とりものしゆつやく》の際に使用することもある。そのため奉行所の小屋に保管されていたのを、虎之助の頼みに応じてお蘭が持ちだしてきたのだ。

「へい、わかりやした」

事前に指示されていたとおり、熊蔵が鳶口の鉤を屋根舟の船縁にひっかけた。

「腕の力で屋根舟を引っ張るだけではないぞ。猪牙舟の横っ腹を、足で思いきり踏ん張れ」

「うおぉ〜」

顔を真っ赤にしながら、熊蔵が全身に力をみなぎらせる。

離れはじめていた屋根舟と猪牙舟が見る見るうちに接近し、ついにぴたりと横づけになった。ものすごい力だった。

虎之助は屋根舟の船尾に軽快に乗り移り、真っ青になっている船頭に言った。

「そのほうに危害をくわえるつもりはない。怪我をしないよう、なるべく身体を低くしているがよい」

「へい」

船頭は櫓を抱くようにして、その場にしゃがみこんだ。

そのとき、ひとりが座敷から船尾に這《は》い出てきた。

「きさま、何者じゃ」

そう言うなり、左手に持った大刀の柄《つか》に右手をかけ、抜こうとしている。だが、せまいうえに身体が揺れるため、もたもたして刀を抜き放てない。

虎之助はふところから鉄扇《てっせん》を取りだし、頭部を撃った。

バシンと音がし、武士は白目をむいてその場にくずおれる。額が裂け、血が流れていた。

鉄扇といっても、鉄製ではなく、唐木《とうぼく》という硬い木でできていた。長さは一尺三寸（約三十九センチ）ほど、重さは七十二匁（約二百七十グラム）ほどである。町奉行所の同心が用いる秘武器で、大沢靭負から借りた物だった。

そのとき、座敷のなかで、

「うっ」

という苦悶《くもん》の声がした。

武士が抜身を膝元に落とし、鼻血があふれる顔面を両手で覆《おお》っている。

隣の屋根舟を見ると、お蘭が鎖鎌の、分銅がついた鎖を引き戻しているところだった。

武士が座敷のなかで刀を抜き、船尾にいる虎之助を刺そうとしているのを見て、お蘭が鎖鎌の分銅を投げたのだ。しかも、座敷のなかから、座ったままでの投擲《とうてき》だった。

それが見事、武士の顔面を直撃したのだ。

（これで、片付いたな）

乗りこんでいた三人は、みな戦意を喪失しているであろう。

虎之助は船頭に言った。

「ひとりは気を失っているが、死んではいない。ひとりは鼻血を流して、茫然自失状態のようだ。ひとりは、海に落ちて舟にしがみついている。

海に落ちた男は、引きあげてやってくれぬか。あのままでは、いずれ溺れ死ぬぞ」

「へい、かしこまりました。

で、あとは、どうすればよろしいのでしょうか」

「それは、三人に確かめるがよかろう。三人が望むところに送ってやってくれ。たぶん祝儀をはずんでくれると思うぞ。

迷惑をかけたな」

虎之助はすべて終わったという意味を込め、隣の屋根舟のお蘭に手を振った。

お蘭も了解したというように、手を振ってくる。

猪牙舟に乗り移りながら、虎之助が熊蔵に言う。

「ご苦労だった。もう、鳶口を外してもよいぞ」

「へい」

熊蔵が、屋根舟に猪牙舟をつなぎ留めていた鳶口を離す。

二艘の舟はゆっくりと間隔をあけはじめた。

＊

お兼らを乗せた屋根舟は鉄砲洲の沖合を進んだあと、掘割に入る。虎之助はあとから、猪牙舟の櫓をゆっくり漕いで従った。

掘割をさかのぼっていくと、右手に西本願寺とその多数の支院がひしめく一帯があった。

一帯を抜けると武家地となる。

福田美作守の屋敷は掘割に面していて、敷地は千五百坪以上あろう。屋敷が面した掘割のすぐそばに、桟橋がもうけられていた。

屋根舟が桟橋に着き、瀬水、お兼、そしてお蘭がおりた。

三人が屋敷に向かう。

虎之助は海のほうを見て、掘割に入ってくる不審な舟がないのを確認したあと、猪牙舟を別な桟橋に着けた。

あとは、待つしかない。

しばらくすると、下女らしき女がふたり、それぞれ盆を手にして桟橋にやってきた。

「福田家からまいりました。召しあがってくださいませ」

握り飯に沢庵が添えられていた。水を入れた竹の筒もあった。

下女は屋根舟の船頭にも渡している。

おそらく、瀬水の指示と思われた。

「では、遠慮なくいただこうではないか」

「へい、あたしも腹が減ったなと思っていたところでした」

虎之助と熊蔵は猪牙舟に腰をおろし、握り飯を食べる。

塩を振っただけの、いわゆる塩握りである。だが、それが無性にうまい。ときおり、添えられている古漬けの沢庵をかじると、いちだんと握り飯がうまくなる。

また、竹筒から飲む水がうまかった。

ちらと見ると、屋根舟の船頭も握り飯にかぶりついているようだ。

お兼とお蘭が現れた。

虎之助は遠目ではあったが、お兼の目がやや腫《は》れぼったい気がした。おそらく泣いたからであろう。

お蘭はあたりを見まわしたあと、ひとりで走って猪牙舟のそばに来た。

「無事、対面は終わりました。瀬水さまは、『うまくいった』とご満足でした。

これから帰ります」

「よし、新地ですな」

「はい、そうです」

言い終えると、お蘭が走って戻り、お兼とともに屋根舟に乗りこんだ。

虎之助も艫綱《ともづな》を解き、棹を使って猪牙舟を桟橋から離れさせる。帰途は待ち伏せを警戒し、屋根舟の先を行くつもりだった。

掘割から海に出ると、あとは鉄砲洲の海岸沿いに進む。ときどき振り返って屋根舟を確かめるが、とくに変化はないようだった。

虎之助が熊蔵に声をかけた。

「おい、櫓を漕いでみるか」

というのも、熊蔵が櫓の操作を熱心に見つめているのに気づいていたのだ。内心では漕いでみたいに違いない。だが、武士に対する遠慮があり、言いだせないでいるのであろう。

とくに待ち伏せの兆候もないことから、稽古をさせてみることにしたのだ。

熊蔵が目を輝かせた。

「へ、よろしいのですか」

「うむ、代わろう。

おい、急に立ちあがるなよ。這うようにして、ここに来い」

虎之助も姿勢を低くして、熊蔵と入れ替わる。

いかにも嬉しそうに熊蔵が櫓に取りつき、虎之助の助言のもと、漕ぎはじめた。

「へえ、へえ、わかりました。なるほど。

腕で漕ぐというより、足腰で漕ぐようなものですね」

最初こそぎこちなかったが、熊蔵はまたたくまにうまくなった。

なにより、熊蔵は力がある。腕力はもとより、足腰の強靱《きょうじん》さには目を見張るものがあった。やはり、村相撲で鍛えたからであろうか。

熊蔵が漕ぎながら、猪牙舟は隅田川の河口を横切った。そのあとを、お兼とお蘭が乗った屋根舟がついてくる。

汗だくになりながら、熊蔵が言った。

「あとで、あたしは勝手なことをしたとして、お嬢さまに叱られないでしょうか」

「叱られるものか。心配するな」

虎之助は熊蔵を、中間にしておくのは惜しい男だと思いはじめていた。お蘭を通せば、熊蔵の処遇を変えられるかもしれない。

折《おり》を見て、虎之助はお蘭に話してみるつもりだった。

四

隠密廻り同心の大沢靱負は、やや難しい顔をして酒を呑んでいた。

肴として、小皿に鰡子《からすみ》と蒲鉾《かまぼこ》がのっている。

そばには猪之吉とお谷の夫婦もいるが、話がはずんでいる様子はない。

田中屋の奥座敷である。

秘密の通路を通って現れた篠田虎之助に、大沢がさっそく酒を勧めた。

「どうだ、貴殿も一杯」

「はい、ありがとうございます」

お谷が長火鉢で温めている銅製のちろりを持ちあげ、茶碗に酒をそそいだ。

大沢は虎之助がひと口呑むのを待ち、やおら言った。

「本郷大輔が自害したぞ」

「えっ」

虎之助は絶句する。

大沢は軽く首を振った。

「まあ、予想しないでもなかったが。しかし、こう死に急ぐとは思わなかった」

「屋敷に引き取られてから、大輔どのはどのような状況だったのでしょうか」

「座敷牢に近い状態に置かれていたようだ。大刀はもちろん、脇差も取りあげられていた。

父親の又三郎どのは門弟には、息子は病気だと説明していた。そのため、門弟たちは、若先生が道場に顔を見せないのは病気のせいと思っていたようだ」

「又三郎どのは大輔どのを一生、座敷牢状態に置いておくつもりだったのでしょうか」

「そのへんは、身共もなんとも言えぬが。意外と、又三郎どのはほとぼりが冷めるのを待って、息子をまた『若先生』にするつもりだったのかもしれぬ。なにせ、大輔は本郷家の唯一の男子で、道場の後継者だからな。

だが、大輔が命を絶つほうが早かった。

本人としては武士として、いさぎよく切腹したかったであろう。しかし、刀を取りあげられているため、剃刀《かみそり》で頸筋を切ったようだ。

ただし、自害は伏せられ、病死したことにして、本郷家の菩提寺《ぼだいじ》に埋葬された」

大沢が暗い声で言った。

虎之助も沈痛な気分になる。

「そうでしたか。

しかし、このままだと、四人を殺した辻斬りの事件は未解決のままということになりますね。つまり、辻斬りはまだ捕まっていないことになります。

そうすると、人々の、いつ辻斬りに遭うかもしれないという不安も解消しませんね」

「そこだよ。未解決のままだと、奉行所の無能を示すことになりかねんからな。

ところが、世の中にはうがった見方をする人間がいるものでな。

『辻斬りをしていたのは武士だが、奉行所の役人に目をつけられているのを知り、自害して果てた』

こんな噂があるようだ。そのうち、本郷大輔に結びつける人がいるやもしれぬな」

大沢が意味ありげに笑った。

虎之助は、噂を流しているのは奉行所の手の者と察した。

「ところで、お蘭どのから、船戦のことは聞いたぞ」

大沢の口調が一変した。

虎之助は、お蘭が得々《とくとく》と戦果を語っている様子を想像し、笑いを噛み殺す。

「じつは数日前、奉行所にこんな知らせがあった。

柳橋の船宿で三人の武士が屋根舟を雇い、舟遊びに出かけた。ところが戻ってきたとき、ひとりは鼻血を出して胸のあたりまで朱に染まっており、ひとりは頭から血を流していて顔面は真っ赤になっていて、ひとりは全身ずぶ濡れだったというのだ。

船宿は大騒ぎになったのだが、武士たちは、

『陸《おか》にあがろうとして足を踏み外し、三人もろとも転げ落ちて怪我をした。みっともない話なので、内聞にしてくれ』

と言い、多額の祝儀を置き、逃げるように立ち去ったという。

船頭も金を握らされているのか、武士の言い分をそのまま繰り返していたよう

だ。

　いちおう、それで終わったのだが、船宿の亭主はあとで事件に巻きこまれるのではないかと気になり、町内の自身番に届けた。そして、自身番が奉行所に書面で知らせてきたのだ」

「ほう、二人の身元はわかっているのですか」

「いや、わかっておらぬ。

　わかっているのは、貴殿とお蘭どのがぶちのめしたのであろう、ということだけじゃ」

　大沢がにやりとする。

　虎之助は急に心配になった。

「お奉行所は動くのですか」

「いや、奉行所はなにもせぬ。本人たちが、転んで怪我をしたと申し立てているのだからな。奉行所の役人が乗りだす必要はあるまい」

「そうですか。安心しました」

「ともかく、辻斬りの件では貴殿におおいに働いてもらった。

お奉行の大草安房守さまも満足されておいでだ。また、関宿藩主の久世大和守どのもお喜びだと聞いておる。

これからも、よろしく頼むぞ。

作蔵は今夜は来ておらぬが、深川の岡場所で面倒なことが起きたとか言っておったな。もしかしたら、貴殿の力を借りにくるかもしれんぞ。まあ、そのときは、力になってやってくれ」

「はあ、そうですか」

岡っ引の作蔵に、女郎屋がらみのなにかややこしいことを依頼されるかもしれない。

*

田所町の吉村道場の近くにある蕎麦屋である。

虎之助と並んで床几に腰をかけながら、原牧之進が言った。

「義兄は身体が回復したようで、木下道場も稽古を再開した」

「ほう、それはよかった」

「ただし、姉が妙なことを言いだして、義兄も困っているようだ」

「妙なこととは、なんだ」

「道場を内藤新宿に移転させたいと言いだしてな。たしかに、四ツ谷の道場がせまいのは事実なのだが」

　虎之助は木下道場を思いだした。

　道場だけならともかく、家族の居住部分も考えると、たしかに手狭《てぜま》であろう。

　兵庫・万夫婦には子どもがふたりいると聞いていた。さらに、下男や下女などの住み込みの奉公人もいる。

　ある程度の道場になると、内弟子を置くのが普通だが、いまの木下道場では無理に違いない。

「広くしたいのは、俺もわかる気がするぞ」

「たんに広くするだけではなく、姉は野望を持っておってな」

　原がおおげさな表現をした。

　虎之助はつられて笑う。

「ほう、野望か」

「姉は女の弟子を取りたいらしいのだ。内藤新宿に移ってからは、男の弟子、女の弟子と、稽古日を分けたいようだ」

「ふうむ、女の弟子を取るのか。悪いことではないと思うがな」

「俺も女の弟子を取るのは悪いことではないと思うが、姉にはどうも別な思惑もあるようでな。

というのは、先日の八木田屋の件を解決したことで、柔術の女師範・木下万は内藤新宿界隈ではけっこう有名になったようでな。

これは俺の想像だが、内藤新宿で道場を開くいっぽうで、姉はよろず揉め事相談所のようなことをやるつもりではなかろうか」

「ふうむ、たしかに世の中には、八木田屋の娘の監禁のように、役人に訴えることもできない困り事は多いからな。弱い立場の人々の助けになるのなら、よいことではないか」

「たしかに、そういう面もあるのだが。

しかし姉は、いざとなれば俺や貴公を配下として使うつもりらしいのだ」

「なんだ、俺もすでに織りこみ済みなのか」

虎之助は驚くというより、笑いだしたくなった。

原が苦々《にがにが》しげに言う。

「俺としては、『勝手に手下と考えないでください』と言いたい気分でな」

「道場の移転は実現しそうなのか」

「八木田屋からもらった謝礼があるからな。あれを使うつもりと見た。義兄も強硬に反対はできんわけだ」

「なるほど」

虎之助は相槌《あいづち》を打ちながら、もしかしたら今後、お万からの依頼が舞いこむかもしれないなと思った。

*

老女・瀬水は挨拶を終えたあと、

「見事な働きでございました」

と言い、深々と頭をさげた。

虎之助はもちろん先日、瀬水の顔は遠くから見ていたが、正式な対面は今日が初めてである。

旗本・福田美作守の屋敷は西本願寺にほど近い。

ここは、西本願寺の支院の境内にある茶屋の座敷である。土間には床几が並べてあるが、奥に簡素ながら座敷がしつらえられていた。

瀬水は直接、虎之助に礼を述べたいとして、寺の参詣を名目に、福田家の屋敷を抜け出てきたのだ。

いっぽうの虎之助は、お蘭の供をしている熊蔵が使いに来て、支院の境内の茶屋に呼びだされたのである。

そばに、お蘭も座っていた。また、座敷に近い床几には熊蔵と、瀬水の供の女中が腰を掛けて、控えていた。

「篠田さまのことは、お師匠さんにうかがっておりますよ」

瀬水がにこやかに笑った。

お蘭をお師匠さんと呼んでいるということは、瀬水も薙刀を習っているのだろうか。

「あの日、お兼さんは実の子の芝姫さまに対面したのはもちろんですが、お殿さま、奥方の憲子さま、そして側室のお宮さまとも対面しましてね。これで、すべてうまくいくはずです。

あらためて、お礼を申しあげます。では、あたくしは」

瀬水が立ちあがろうとする。

お蘭が驚いて言った。

「あら、まだよろしいではありませぬか」

「いいえ、あたくしのような立場の人間は、茶屋の奥座敷で若い武士と話をしていたというだけで、どんな噂が広がるかわかりませんからね。長居はできません。

本当は、若い男ともっと長居したいのですがね」

瀬水が悪戯《いたずら》っぽく笑った。

真面目な顔になると、虎之助に言った。

「その後のことは、お師匠さんにお伝えしております。お師匠さんにお聞きになってくださいい」

続いて、お蘭に向かい、

「ここの払いは、心配しなくてもよろしいですよ。そのまま、黙って帰ってください」

と言うや、瀬水は供の女中を連れて茶屋から出ていく。

座敷に、虎之助とお蘭が取り残される格好になった。

「では、福田家のその後について、お話ししましょうか」

お蘭が当然のように言った。

虎之助は座敷にふたりきりなのに気づき、ついさきほどの瀬水の用心を思いだした。

茶屋の奥座敷に若い男女がふたりきりでいるなど、どんな誤解を招かないともかぎらない。

「その前に、供の熊蔵どのを座敷に呼んでくだされ」

「え、なぜです」

「男と女のふたりきりは、避けたほうが賢明ですぞ」

「あら、気がつきませんでした。では、そうしましょう」

お蘭が笑いながら熊蔵を呼ぶ。

座敷にあがってきた熊蔵は、いかにも遠慮がちに隅に座った。

虎之助はあらためてお蘭をまじまじと見た。

まさに二八の娘の若々しさにあふれている。

しかし、虎之助はひそかに、お蘭は若衆姿のほうが魅力的なのではあるまいかと思った。もちろん、口にするのは躊躇《ためら》う。うっかり口走ると、怒りを招きかねない。

とってつけたように言った。

「柳橋の船宿に、血だらけの武士ふたり、全身濡れ鼠の武士ひとりが屋根舟で戻ってきて、ちょっとした騒ぎになったそうですぞ」

「それは、あたしも大沢靫負さまから聞きました。

瀬水さまに確かめたところ、福田家の家臣ではありません。おそらく、奥方の憲子さまの実家の者ではないか、とのことでした」

「なるほど、それで合点がいきました。

で、福田家はその後、どうなのですか」

「奥方の憲子さまは、福田家の世子に関して画策をしたとして、まったく疎《うと》まれる存在になってしまいました。実家との関係は断たれたといってよいでしょうね。

側室のお宮さまは、赤ん坊をすり替えてお殿さまを欺《あざむ》いていたとして、実家に戻されることになりました。要するに、福田家から追いだされるわけです。

こうして、お兼さんが福田家に戻り、側室になることは実現しませんでしたが、芝姫さまに婿養子を迎え、福田家の世子とする案がふたたび動きだしたのです」

「なるほど」

虎之助は相槌を打ちながら、福田美作守の当初の意向が実現したのだと思った。

女系とはいえ、福田家の血統は続くことになろう。

「おかげで、お殿さまが勝ったのです。瀬水さまが勝ったとも言えますがね」

お蘭が意味ありげに笑う。

いわば、瀬水は勝負に勝ったと言えよう。芝姫を守ったとして、今後は福田家内で瀬水の発言力は重くなるに違いない。

締めくくるように、お蘭が言った。

「あたしは大名屋敷や旗本屋敷に出入りしているものですから、これからも、おおやけにできない悶着や醜聞で、解決を依頼されることがあるかもしれません。その節は、篠田さまにぜひ、お力をお借りしたいと存じております。もし、ふたりで無理なら、原牧之進さまに頼みましょう。『三人寄れば文殊《もんじゅ》の知恵』と言うくらいですから、三人集まれば、たいていのことはうまく処理できると思いますよ」

虎之助は聞きながら、父親で北町奉行の大草安房守や、隠密廻り同心の大沢靫負が陰で支えているのを、お蘭はあまりわかっていないらしいと思った。

だが、ずばり指摘するのは控え、話題を変えた。

「原牧之進と言えば、先日、拙者はやっと、内藤新宿でひと暴れしましてね」

「えっ、どういうことですか」

「拙者と原だけでなく、原の姉上も一緒でしてね。男ふたり、女ひとりの混成部隊でした」

「え、原さまのお姉さまも一緒だったのですか。ぜひ、くわしく、聞かせてください」

お蘭の目の色が変わった。

女が活躍したと知って、もう聞き逃《のが》せない気分なのであろう。

いったんは身を乗りだしてきたが、ふと思いついたように熊蔵に命じる。

「お茶のお代わりと、団子でも餅でも、なんでもいいから、食べるものを頼んでおくれ」

お蘭は腰を据え、三人の武勇談をじっくり聞くつもりのようだ。

コスミック・時代文庫

最強《さいきよう》の虎《とら》

三

隠密裏同心 篠田虎之助

2023年12月25日　初版発行

【著 者】
永《なが》井《い》義《よし》男《お》

【発行者】
佐藤広野

【発 行】
株式会社コスミック出版
〒154-0002 東京都世田谷区下馬 6-15-4
代表　TEL.03(5432)7081
営業　TEL.03(5432)7084
　　　FAX.03(5432)7088
編集　TEL.03(5432)7086
　　　FAX.03(5432)7090

【ホームページ】
https://www.cosmicpub.com/

【振替口座】
00110 - 8 - 611382

【印刷／製本】
中央精版印刷株式会社

乱丁・落丁本は、小社へ直接お送り下さい。郵送料小社負担にてお取り替え致します。定価はカバーに表示してあります。

ISBN978-4-7747-6524-2 C0193